Ilaria Borrelli

tanto barulho por tullia

Ilaria Borrelli

tanto barulho por tullia

EDITORA GLOBO

Copyright © 2007 by Editora Globo S.A. para a presente edição
Copyright © Sperling & Kupfer Editori S.p.A

Tradução: Eugênio Vince de Moraes
Preparação e revisão: Clim Editorial
Projeto gráfico e paginação: Laura Gillon
Capa: Cláudia Xavier

Todos os direitos reservados.
Nenhuma parte desta edição pode ser utilizada ou reproduzida – por qualquer meio ou forma, seja mecânico ou eletrônico, fotocópia, gravação etc. – nem apropriada ou estocada em sistema de banco de dados, sem a expressa autorização da editora.

Dados Internacionais de Catalogação na Publicação (CIP)
(Câmara Brasileira do Livro, SP, Brasil)

Borrelli, Ilaria
    Tanto barulho por Tullia / Ilaria Borrelli ;
    [tradução Eugênio Vince de Moraes]. --
    São Paulo : Globo, 2007.
    Título original: Tanto rumore per Tullia

    ISBN 978-85-250-4295-8

    1. Romance italiano I. Título.

07-4338   CDD-853

    Índices para catálogo sistemático:
    1. Romances : Literatura italiana   853

EDITORA GLOBO S.A.
Av. Jaguaré, 1485 – São Paulo, SP, Brasil
05346-902
www.globolivros.com.br

Impressão e acabamento: Vida e Consciência

Agradeço a todas as mulheres que antes de mim criaram alguma coisa de artístico: sem o exemplo delas eu só teria produzido filhos, me atrapalharia com eles e provavelmente jamais descobriria quem sou. Agradeço também a Deus, infinitamente, por ter topado com meu marido: sem ele, teria vagado em busca de um amor e jamais teria encontrado paz para escutar a mim mesma. Ah, e um obrigado a Margherita.

Para Guido,
que tem uma paciência de Jó.

— *M*as por que diabos você não quer ter um filho comigo? – disse-me de repente, virando-se num salto e olhando fixo para meus olhos.

— Ihhh... que chatice! Quando você fala desse negócio de procriação logo depois de transar, perco completamente o tesão —, disse-lhe prolixamente levantando-me e batendo a cabeça no teto, pois dormíamos numa porcaria de um mezanino, coisa que eu vivia esquecendo.

— E o que vai ser então? Olha, se você engravidar, vai acontecer como em *O Bebê de Rosemary*! A criança nasce com chifres!

— Não diga isso nem de brincadeira! Já conversamos sobre isso várias vezes. Não é hora absolutamente de voltar a esse assunto —, repliquei, esfregando a cabeça.

— E quando será a hora então? Estamos casados há dez anos. Minha irmã já tem quatro filhos e nós, nada. Fico sempre sozinho em casa, não me acostumo com esse silêncio — diz, mas eu nem respondo.

Começa a se vestir, irritadíssimo.

— Você colocou as cuecas do avesso —, disse-lhe algum tempo depois, para mudar de assunto.

— O quê? — disse ele, tirando a mochila do monte de roupas que deixa sempre ao lado da cama.

— A cueca. A braguilha está atrás.

— Ah, é —, disse, tirando-a e vestindo-se novamente.

— Começo a achar que você não quer ter filhos comigo porque no fundo no fundo, embora tenha se casado comigo, não está mais apaixonada por mim — prosseguiu, agora vestido com uma blusa de propileno, daquelas que se sente calor a vinte graus abaixo de zero.

— Ihhhh, lá vem você com essa história de vítima universal — soltei de bate pronto, vestindo a camiseta.

— Ah, sei, e você precisa de um pai, não de um homem — disse ele, dando um jeito na montanha de roupas largadas.

— Ouça, Luca, faz três meses que alugamos esse cubículo da Gioconda porque não temos condições de alugar uma casa normal. Devia ser uma coisa provisória mas, olhando para a nossa situação financeira, é cada vez mais óbvio que ficaremos aqui para sempre. Explica pra mim como faremos para cuidar de mais uma pessoa? E depois, onde você acredita que enfiaremos um bebê nestes cinqüenta metros quadrados sem um pingo de luz, hein?

— Você sabe que um bebê não está nem aí com luz.

— Se devo ficar um ano ou dois amamentando, Deus, como arrumaremos dinheiro? E depois já te disse que quero primeiro conseguir fotografar para uma revista séria, quem sabe começar também a escrever artigos de verdade e não esses textinhos que tenho feito. Não consigo nada a não ser trabalhar para uma revista para homens vulgares cheia de mulheres peladas. Se eu não pegar no breu agora que tenho trinta anos, quando farei isso? Aos quarenta? Quando estarei exausta de tanto amamentar e dos berros dessas criaturas? Se fico um tempo fora do mercado sempre haverá um homem com um currículo melhor que o meu pronto para tomar o meu lugar. Entendeu?

— Que saco essa lenga-lenga feminista! Por que não se contenta com aquilo que tem? — falou, interrompendo-me e segurando minha mão por um instante.

— E o que eu tenho, hein? Dormimos num mezanino que não tem nem um metro de altura, onde nem se pode ficar em pé! Isso aqui era uma portaria escura, nem cozinha tem. Você não tem a menor intenção de começar a trabalhar! Ainda bem que você recebe a pensão do seu avô, não fosse isso, meu Deus, como nos manteríamos?

— Olha, eu treino todos os dias para a escalada! Você sabe que devo subir o Baruntse* e não tenho tempo de fazer mais nada!

— Você chama isso de trabalho! Pendurado numa parede cheia de calombos em um ginásio todo o santo dia? — gritei, ainda tentando pôr as calcinhas.

Ó Deus, desta vez fui estúpida de verdade. Eu não podia mencionar sua expedição de sete mil metros. Jamais, nem brincando. Para ele o Baruntse é como Totti para os torcedores do Roma ou o Dalai Lama para os budistas.

Intocável, inominável, intransitável.

Ele idolatra de tal forma os picos, que, depois de dias de caminhada, ao chegar perto deles, ele pára sempre alguns metros abaixo. Não ousa profanar o cume. É um lugar sagrado que jamais se deve tocar, nem mesmo com os pés.

Mas como? — digo para mim mesma. O cara tem todo esse trabalho para chegar a três, quatro mil metros de altura e depois não tem nem o prazer de pular lá em cima? Não acredito.

Calou-se. Coloca a mochila nas costas e, como um gato, desce do mezanino, agarrando-se na escadinha de bambu sem olhar pra mim, nem de rabo de olho. Pega o seu inseparável gorro de alpinista North Face do cabide e, cabreiro, abre a porta como se fosse embora para sempre.

— Ai! Filha-da-puta! — grita de repente. Não aprendeu a abrir as duas portinholas ao mesmo tempo e saindo apressado bateu o joelho na folha de baixo, que estava fechada. Foi uma bela pancada e ele está massageando o joelho direito, que já havia machucado na semana passada. A massagem me dá alguns segundos a mais e me precipito mezanino abaixo para tentar detê-lo.

---

* Pico da região do Nepal, Himalaia (N. do T.)

Olha para mim com aquele gorro verde de alpinista enrolado no rosto, as órbitas dos olhos estão petrificadas no alto da cabeça, completamente vazias e negras, que parecem as de um fantasma, versão esquiador. Os bastões de neve apontam para fora da sua mochila toda aparelhada, as garrafinhas d'água enfiadas nos bolsos laterais, o fogãozinho e as panelas penduradas. Embora seja alto, um metro e oitenta, parece um escoteiro de doze anos, e algo me diz que ficará nisso, não crescerá mais.

— Não quero um filho porque eu já tenho um. De trinta e oito anos —, digo a ele, tão irônica e maldosamente que nem mesmo eu sei como uma coisa horrível dessas pode escapar da minha boca.

O olhar dele gela. Vira-se num salto, desta vez segura também a folha da porta de baixo. Sai de novo, com tudo, em direção ao portão.

— Sabe, Tullia, você me deixou irritado! Vamos nos ver amanhã, tá certo? Assim deixamos as coisas esfriarem um pouco, ok?

— Mais frio que isso ainda? Está dez graus abaixo de zero desde que você deixou de pagar as contas de luz! — gritei, porque geralmente quando estou irritada, em vez de eu me desculpar, eu encasqueto mais ainda.

Mas acho que ele nem me ouviu. Já havia desaparecido por trás do portão.

— Olha só! Sabem como ele resolve os problemas quando acontece isso? Escalando o Monte Corvo! — berrei em direção ao portão fechado, com esperança que ele me ouvisse e voltasse.

Espero que ele reflita e não vá, porque quando fica um dia inteiro na montanha e dorme lá, me vem com uma penca de lamentações, ficando nessa toada a noite toda.

Ouço o pedal da moto e o barulho do escapamento lançando a fumaça do motor. Ele já tinha amarrado a mochila na moto e agora acelerava.

Se eu berrar mais um pouco, quem sabe ele me ouça, pensa de novo nisso e volta atrás. Fazemos as pazes e bebemos juntos um saboroso cappuccino. Esquecemos tudo e trocamos beijos, com direito a estalos.

— Sempre diante do computador projetando suas escaladas, em vez de procurar um trabalho —, berro ainda em direção ao portão com a esperança de fazê-lo sentir-se culpado e detê-lo.

Mas desta vez não há nada a fazer.

Ouço sua Yamaha 750 roncar ladeira abaixo. Eu o imagino, grudado no tanque cor de laranja, disparando entre os carros. Continuo gritando inutilmente para ele, também para me esquentar porque o chão aqui fora parece uma lâmina de gelo. Enquanto ainda berro algumas sílabas e sons ao acaso, sinto alguém atrás de mim.

Aposto que é a Di Giovanardi do laboratório de análise de sangue e genoma. Teria me ouvido gritar desta vez também. Somos vizinhas e ela toca a nossa campainha dia sim, dia não, para nos pedir para fazer menos barulho.

Viro, é ela. Típica secretária frustrada, com cinqüenta anos, que troca a cor e o corte dos cabelos duas vezes por semana para tentar ficar de bem com a vida. Parece vagamente com a Iva Zanicchi.* Está sempre em pé de guerra e pronta para desfiar seu rosário. Não sei se faz isso porque o laboratório está constantemente semideserto ou porque ela tem problemas familiares. De todo modo, seu olhar me faz voltar à terra e perceber que eu havia saído de casa descalça, de calcinhas e sem sutiã debaixo de uma blusinha velha e semitransparente.

Desta vez, no entanto, Di Giovanardi emudeceu. Ficou embaraçada, quem sabe, por causa dos bicos dos meus seios enrijecidos pelo frio. Ou por causa dos pêlos pubianos que ficam para fora da calcinha. Ou por aqueles que despontam como espinhos por toda a perna. Na dúvida, entro com passos decididos sem nem mesmo dirigir-lhe um olhar.

Por segurança, bato as portas atrás de mim, que, por serem duas, fazem um estrondo dobrado, que se espalha por todo o edifício. Quando se está numa saia-justa convém sempre manter-se altiva, assim dá pra ignorar a barulheira em volta, no meio da qual sempre se esconde a verdade sobre você.

---

* Famosa cantora e apresentadora de televisão italiana (N. do T.)

Entro e fico grudada no único aquecedor elétrico, que fica debaixo da única janela que temos. Procuro tirar o gelo dos pés, massageando-os. Já que estou aqui começo a arrancar umas cutículas do dedão do pé direito e reflito: o seu silêncio não me deixou nem um pouco contente. Fiquei esgoelando sozinha e isso não é nada agradável. Alguém grita para que o outro grite em seguida. Mas que graça tem isso?

Na realidade não brigamos quase nunca. Quando gritamos, gritamos por estarmos agitados, excitados: "Que maravilha, marquei uma entrevista no *Espresso*!", eu. "Que maravilha, alcancei cinco mil e quatrocentos metros!", ele.

Uma coisa que nos tem feito ficar juntos todos esses anos é justamente o fato de raramente brigarmos. Mas a porcaria dessa conversa sobre filhos me fez perder a cabeça. Ele vem falando disso seguidamente, droga. Tenho medo.

Pouco a pouco o sangue volta a correr pelos dedos dos pés e depois pelos das mãos. Resolvo me mexer, porque de fato faz um frio dos diabos esta manhã. Parecia que o inverno não queria chegar, mas de repente, de um dia para o outro, caiu sobre nós como uma avalanche. Um frio daqueles que fazem todo mundo sumir. Com rajadas de vento que carregam você enquanto caminha placidamente pelas calçadas. Daqueles que te batem no rosto de repente, ao dobrar uma esquina, e que te obrigam a agarrar-se ao primeiro poste para não cair.

Entre tempestades, furacões e tsunamis diversos sei que a natureza está querendo na verdade nos dizer alguma coisa. Talvez esteja tentando nos intimidar: todos esses gases lançados na atmosfera e desmatamentos estão provocando uma grande confusão. Ou param com isso imediatamente ou, juro por Deus, vou ficar furiosa.

Meu coração ainda está a mil por hora e então faço aquela respiração com a barriga que acalma corpo e espírito. Seis segundos de inspiração e seis de expiração. Minha professora de yoga me ensinou isso e me disse que, além do estresse, também cura aos poucos as cólicas menstruais.

Coloco um pouco de ordem na bagunça, para que Gioconda não passe aqui e encontre toda essa confusão. Nosso acordo é este: ela me aluga a portaria por seiscentos euros e em troca ela vem aqui à tarde escrever quando saímos. Para nós é tranqüilo, eu trabalho o dia todo e Luca vai sempre à tarde ao Clube dos Alpinistas projetar suas escaladas e encontrar seus amigos. A única desvantagem são os móveis, já que ela nos alugou o imóvel com eles e ela, sendo uma maníaca por ordem e limpeza, nos obriga a sermos organizados, coisa que nunca fomos.

O problema é que tudo é branco, estilo branco Ikea, com certo toque oriental que jamais diria ser um Ikea de verdade. Gioconda desenvolveu esse estilo muito pessoal consultando várias revistas de design internacionais. E ela o amadureceu nos furiosos anos em que mobiliou seus vários apartamentos espalhados por Roma.

Aprendeu folheando a *AD* que o branco era a cor mais classuda, chique, a mais nova-iorquina de todas. Mas se esqueceu de que estamos em Roma, em Monti, perto da praça Vittorio. Creio que tenha escolhido o branco também para deixar o lugar mais claro, caso contrário, ficaria parecendo um antro de anarquistas sediciosos de tanto que é escuro.

Para iluminar prendeu no teto dois spots de halogênio potentíssimos, também eles em branco estilo Ikea. Neste escuro denso parecem aqueles faróis para neve quando se anda à noite em estradas rurais.

Mas o branco, como se sabe, é difícil de manter-se branco. Especialmente quando recobre o chão e é preciso caminhar sobre ele constantemente. E essa opção artística ainda diz que devem ser brancos todas as prateleiras, as cadeiras, o mezanino, até os lustres e a escada de bambu.

Não havendo cozinha, improvisamos um fogãozinho elétrico ao lado da pia do banheiro, o qual, sendo também todo branco, com milhares de pastilhazinhas brancas tipo mosaico, se cai uma gota de molho de macarrão no chão, adeus.

Em suma, mais do que viver neste lugar, nós o limpamos.

Compramos uma série de tira-manchas e alvejantes dispostos a causar inveja às mais combativas empresas de limpeza. Contudo, o problema persiste. O busílis é o chão. Parece brilhar de tão branco. Se você se concentra, com os spots halógenos voltados para cima, pode ver a sua própria imagem refletida nele.

Quando você anda nele, nem digo com sapatos mas só com pantufas, não há nada a fazer, cedo ou tarde aparece um risco negro; é fatal. Logo, o imperativo categórico: ao entrar em casa, tirar os sapatos. No máximo, ficar de meias e se possível caminhar fazendo movimentos com os pés de modo a provocar um efeito de polimento. Por isso, do lado de fora da porta de entrada, debaixo do cabideiro, há um amontoado de coturnos de alpinista, botas e tênis há meses. Meus, de Gioconda e Luca, misturados. Toda vez que se quer sair, é preciso procurar no monte, procurar o par ou, se está atrasado, desistir e sair com sapatos desparceirados.

Enfio tudo nos armários e espalho os produtos de limpeza no chão como é preciso fazer cotidianamente para Gioconda não ficar furiosa.

Acabo de me dar conta que é tarde e resolvo tomar um banho rápido para não chegar à redação fedida como um maratonista. Nem bem saio da ducha me agacho para enxugar a água espalhada pelo chão. Porque também ela, quando acumula entre as pastilhas imaculadas, depois de um par de horas, fica cor de lama.

Levanto-me de repente e fico tonta, com uma sensação de enjôo e me lembro que desde manhã, entre uma coisa e outra, não tomei nem mesmo um gole de café. Ajeito o fogãozinho na pia e, já que estou ali, lavo um pouco de louça deixando-as secar no escorredor de prato. Se não fico atenta, é possível uma noite dessas, ao escovar os dentes, rasgar minha gengiva com um garfo.

Coloco a cafeteira no fogãozinho elétrico em meio ao detergente e às outras quinquilharias de banho, mas subitamente vejo as horas e, adeus café, resolvo voar para o escritório. Já são nove e meia, droga. Injetarei um pouco de cafeína nas veias com as máquinas automáticas da redação.

Acabo de me vestir apanhando coisas aqui e ali. Em geral, quando você precisa de algo que está embaixo, você está em cima e vice-versa. O único aspecto positivo desses esquecimentos matutinos é que subo e desço tanto esta escada de bambu que pouco a pouco minhas coxas finalmente estão ficando torneadas.

Entro no meu Fiat meio batido, amarelo lista telefônica, e vou pensando que devo escrever antes de tudo sobre a moda dos adolescentes dos quais tenho bastante fotografias. Isso porque se o meu chefe me vê de mãos vazias é capaz de me mandar fotografar a última maria-chuteira cretina recém-casada com um jogador.

Dessa vez ele me prometeu que, além das minhas fotos, me deixaria escrever um artigo de pelo menos uma lauda. Para ele, esses artigos são só tapa-buracos, ninguém os lê, pois está convencido de que a única coisa que faz vender o seu semanário *Modern Men* é a foto de uma mulherzinha pelada página sim, página não.

Insisto nos temas sociais, procuro empurrá-los revista adentro sem que ele perceba e espero que algum dia um editor de uma revista mais séria leia-os e me chame para trabalhar com ele. Em vez disso, se o Osvaldo dá um flagra nesses textos muito engajados, imediatamente manda me chamar, furioso. Manda fechar a porta e me dá um carão por causa do meu feminismo e moralismo. E manda deletar o texto.

Chego à redação e estranhamente vejo Osvaldo vasculhando os papéis da minha escrivaninha. Junto dele está Piero Di Mezzo, um jovenzinho recém-chegado e já milagrosamente alçado a vice-diretor. Muito ambicioso, filho de poderoso político de esquerda e com carta branca para me roubar todos os trabalhos.

Faço um pouco da respiração da yoga, com o diafragma, e pergunto maliciosa: — Estão precisando de alguma coisa?

— Ah, sim, Tullia, você chegou na hora. Olha que foto extraordinária o Pietro fez lá na discoteca, na Pagoda. Imagina, só ontem ele tirou mais de quatrocentas fotos. Queríamos compará-las com as tuas, assim não publicamos as mesmas garotas duas vezes, não? — me diz, mostrando umas vinte fotos de garotinhas anoréxicas e muito, mas muito sem roupa.

— Publicamos duas vezes? Como assim? Desculpe-me, mas a moda de adolescentes de discotecas não é matéria minha? E depois, não fotografo só garotas, mas garotos também. Nós pensamos essa pauta para investigar como a moda se desenvolve entre os adolescentes, não se lembra?

— Sim, claro, mas veja Piero. Ele, com sua Hasselblad, consegue fazer verdadeiros milagres; claro, você é uma intuitiva mas olha Piero, que perfeição, que granulado — diz ele, mostrando-me a foto com os números de celular escritos ao lado, com caneta vermelha.

— Lamento, mas a sua velha Nikon comparada à Hasselblad não passa de um calhambeque. Você tem de se modernizar —, prossegue o chefe, gabando-se dos disparos do seu protegido.

— O que a minha Nikon tem a ver com isso? E já te pedi várias vezes para não me chamar de intuitiva —, berrei atrás dele que estava para meter as mãos de novo dentro das minhas gavetas. — Vou passar o dia todo batendo fotos, depois nós vemos quem tirou as melhores.

— Ouça, Tullia, nós já falamos sobre isso várias vezes. Você sabe muito bem que as mulheres não têm inteligência analítica, não estudam o enquadramento como os homens. Vocês são movidas pelos sentimentos, pelo coração, quando fotografam são como animaizinhos instintivos, eis tudo. Estou certo ou não? - perguntou artificialmente ao Di Mezzo; e ele, o que você acha que ele responderá a quem acabou de nomeá-lo vice-diretor?

— Totalmente certo! Mas veja, isso não é um insulto. É só se lembrar das nossas naturais diferenças genéticas —, disse Piero, olhando-me com condescendência.

Quando me lembram das diferenças genéticas entre homens e mulheres em um local de trabalho fico com os cabelos em pé. Entendo que alguém fale de diferenças entre machos e fêmeas quando nos encontramos debaixo das cobertas, engatando-se em busca de prazeres recíprocos. Aí se tornam evidentes as diferenças físicas, cavidades e protuberâncias, e, se um não está com as idéias no lugar, arrisca-se a causar confusão e, sobretudo, a não gozar de fato.

Entendo que se pense nas diferenças genéticas quando uma vez por mês sofre-se de cólicas pré-menstruais e as pernas incham por causa da retenção de um ou dois litros de água. Ou quando, Deus me perdoe, começam as dores do parto. Ou ainda quando, depois dos trinta, surgem os buracos de celulite na parte debaixo da bunda, ou despontam os pêlos subcutâneos das coxas.

Isso sim é uma situação bem diferente: a nós, mulheres, todas as desgraças, os defeitos e dores. Aos homens, nada; no máximo alguns cabelos brancos.

De fato, religiosos ou não, sobre um assunto todos estão de acordo: quem nos projetou, Deus, Buda ou seja-lá-como-queiram-chamá-lo, deve ter sido com certeza um macho. Se tivesse sido uma fêmea, uma banana que teria nos imputado todos esses infortúnios.

De qualquer modo, se existe uma coisa que definitivamente não suporto é quando nos chamam de instintivas, intuitivas, irracionais. É como dizer que, se uma de nós ascende profissionalmente e é competente no que faz, é por puro acaso e não porque está preparada e tem talento. Quando te chamam de intuitiva, caso tenha feito alguma coisa muito legal, isso significa que você no fundo, no fundo, tem aquilo virado pra Lua. Mesmo que você tenha estudado e se preparado, a fama de ignorante é a que fica; e se por acaso as coisas vão bem para você e você consegue tirar uma bela foto ou escrever um belo artigo, deve agradecer ao destino, ao Padre Eterno e não, claro, à sua preparação.

— Ora, então, como fica um triângulo cujo cateto é igual a 2,7 cm, hein? Então? Vê como você não sabe a resposta? Percebe que você não tem inteligência analítica? — ele me desafia com uma das suas surradas armadilhas, sabendo muito bem que de geometria eu não entendo absolutamente nada.

— OK, me dá uma folha que quero pôr um ponto final nessas suas humilhações. O que você quer saber? A hipotenusa do triângulo, irei atendê-lo —, e começo desenhando com um lápis sem ponta uma figura irreconhecível com três lados.

Desta vez eu lhe daria a resposta certa nem que eu tivesse de ficar a tarde toda debruçada nisso, porque já estou cansada desses joguinhos, tipo quiz à la Jerry Scoti.

— Arre, pára com isso, não seja ridícula que não temos tempo a perder. Preciso de você para aquela reportagem sobre o novo Jardim Botânico —, disse, arrancando-me a folha borrada das mãos porque desta vez viu que eu estava disposta a fazer um barraco. Se eu conseguisse dar a resposta certa, as suas teorias sobre os sexos iriam por água abaixo num piscar de olhos.

— Ouça, eu não vou fotografar plantas quando estou bem no meio de uma matéria, está claro? Me dê uma Hasselblad e veja se eu também não tiro fotos miraculosas. E esses números nas margens da foto, o que são? O número do celular das garotas? Que pretende, publicá-los também? — pergunto a Di Mezzo, apontando para os rabiscos vermelhos nas margens das suas obras de arte fotográficas.

— Olha que são elas mesmas que me pedem para publicá-los. A maioria está à procura de um namorado ou de trabalho. Está espantada por quê? Não vêem a hora de entrar num chat ou participar de um reality show. Você tem de se modernizar. Por que não poderiam tentar isso através de uma revista?

— Porque são menores! — vocifero. Teriam de passar pelo meu cadáver, não vou deixar que publiquem o número do celular dessas meninas.

— Ouça, Tullia, temos de vender muito. O trabalho, antes de tudo. Suas fotos são sempre muito pudicas. Muitos primeiros planos. É melhor enquadrá-las de baixo, quem sabe em cima de um pedestal, olha como está boa esta —, continua Osvaldo mudando a conversa e mostrando-me um outro disparo do seu pupilo.

— Escuta, Osvaldo, estou fazendo essa matéria sobre moda jovem há duas semanas, não pode tirá-la de mim.

— E quem te disse que estou tirando? Trabalhem lado a lado. Depois, conforme os comentários, as vendas da próxima semana, decido se a deixarei para os dois ou só para o Piero —, falou-me, sorrindo para o xarope a seu lado, que naturalmente o retribuía.

— Então já decidiu. Não é a primeira vez que me faz essa graça —, digo a ele, gesticulando com as mãos para que dê o fora da minha escrivaninha.

— A nossa revista é para homens, o próprio nome diz: *Modern Men*. Quem você acha que tem o gosto mais parecido com o dos homens, você ou Piero? — pergunta ainda Osvaldo, afastando-se.

— E quanto ao texto? Quem vai escrevê-lo? — pergunto-lhe, antes que desapareça.

— Por enquanto a quatro mãos, lembre-se de que a revista vai pra gráfica amanhã no máximo até meia-noite —, diz antes de volatilizar-se no seu escritório, deixando-me tête-à-tête com o cara-de-peixe.

— Significa que devemos nos reunir aqui e escrever juntos, sentados numa mesma mesa? — pergunto atônita a Di Mezzo, que continua imóvel a manusear as minhas fotos nas gavetas.

— Aqui, ali, na minha... como preferir —, diz, procurando ser condescendente, mas na realidade estudando as minhas fotos para copiar os meus enquadramentos.

— Pra mim não tem isso... e de qualquer modo não é uma questão de lugar... é que... Bem, eu não consigo de fato escrever a dois —, digo, finalmente tirando suas mãos das minhas coisas.

— Quer dizer que desta vez fará um sacrifício! — disse o abominável, com um sorriso de quarenta e seis dentes em cima e quarenta e seis embaixo, dando no pé.

— Esta noite estava pensando em ir ao *Netuno* para tirar as últimas fotos. Acho que vai ter um show daquele napolitano, Beppe Tufoli, Ciufoli, como se chama... — diz com displicência, sem se virar.

— Já fiz o Netuno na semana passada —, digo a ele, dando a entender que é inútil voltar lá.

— Ah, fotografado por mim será outra coisa. Então nos encontramos às cinco para escrever o artigo, assim depois tenho tempo de ir ao show. Combinado? — me diz, desaparecendo.

Não lhe respondo. Pois eles já decidiram tudo. Quando fingem me dar opção de decidir, me enfureço ainda mais, irremediavelmente.

Pego a Nikon e o cavalete e abaixo a cabeça pensando que tenho de ir ao laboratório para pegar uns rolos de filme. Fico azul de raiva. Ou melhor, roxa.

Mas eles vão ver. Vou dar um pulo em todas as discotecas de Roma e, para hoje à tarde, trago pelo menos uma lauda já totalmente escrita. Osvaldo ficará tão contente que não terá estômago para colocar o nome daquele lá no artigo.

O chefe me espia pelas frestas da persiana de seu escritório e, percebendo minha contrariedade, me acena para que eu entre.

Trata-me com ar paternal. Eu o odeio ainda mais quando me trata de forma rude e depois fica terno, para que eu o perdoe, mas sobretudo para não sentir-se culpado à noite, quando volta para casa.

— Tullia! Tullia, vem aqui, vai, não faz assim.

Eu o odeio de tal forma que finjo não ouvir. Primeiro me tira a exclusividade de uma matéria em que estou trabalhando faz dias e depois quer me fazer um sermão, afirmando que eu sou uma temperamental. Que ele é bom e sou eu quem crio problemas. Também dessa vez tentará encaminhar as coisas de modo que pareça que é praticamente culpa minha se os meus trabalhos acabam indo parar nas mãos dos outros.

— Tullia! Eu disse pra você entrar! Que está fazendo? Fingindo que não me ouve?

— Ah? Ah, não... —, balbucio, voltando atrás, atravessando as paredes de vidro do seu escritório. — É que eu estava distraída, tinha deixado uns rolos de filme no laboratório e então...

— Mas por que não aceita?

— Desculpe-me, mas aceitar o quê?

— Que Piero fotografa melhor que você. Você pode ficar na redação e trabalhar no laboratório. Ou ajudar os garotos a diagramar. Olha que isso também é uma arte. O que te faz sair à noite, vagando nesse frio, maltratando-se assim?

— Quem lhe dá esse direito? Ganhei concursos, prêmios. Quando Piera Degli Esposti está estreando um novo espetáculo, sou eu quem você quer, e só eu, para ir fotografá-la!

— Sim, tá certo! Mas é porque essa também é uma feminista descabelada como você! Não me faça voltar sempre ao mesmo assunto, é enervante! Meta isso em sua cabeça de uma vez por todas, vocês mulheres não foram feitas para certas coisas—, diz ele, acendendo um charuto, cheio de si por ter jorrado sobre mim uma das suas conhecidas elucubrações antifeministas.

Odeio quando recomeça, penso comigo mesma, mas porque estou com um nó na garganta por causa da humilhação anterior não digo uma palavra, senão choro e depois ele me tratará como uma criança cretina pelos próximos meses.

— Já te disse tantas vezes, vocês mulheres são intuitivas, não são racionais. E todo mundo sabe, o cálculo da luz, regular o foco, são coisas matemáticas. Diga-me um só nome de uma compositora, de uma matemática, de uma filósofa —, prossegue, acrescentando mais categorias à sua originalíssima tese. Sempre consegue encontrar uma em que não se acha um nome feminino consagrado. Eu o odeio. Deveria, como faço sempre, lhe responder que as mulheres não podiam trabalhar porque por séculos foram encerradas em casa para cozinhar e engordar os filhos. Mas falar com ele sobre os direitos das mulheres é a mesma coisa que falar com um turista chinês de passagem por Roma que não entende uma palavra de italiano.

— Osvaldo, por favor, não quero ficar irritada. Tenho de ir. Quero fotografar a saída daquela escola e ainda tem o artigo. Gostaria muito de me mandar — falo isso saindo, porque se eu ficar, caio no choro.

Quando me ofendem assim no trabalho, de alguma forma me vêm todas as carências afetivas antigas. Vêm à tona crises ligadas a angústias da infância e acabo fazendo uma confusão entre Osvaldo e meu pai, o qual nunca gostou de mim, e coisas do gênero.

Prefiro dar o fora o mais rápido possível, senão armo um forrobodó aqui.

— Foge, foge, você sabe que eu tenho razão —, me diz isso mordendo seu charuto e voltando a navegar na internet.

— Ai, como é tarde, agora eu vou mesmo, certo? — digo isso dando uma espiadela bandeirosa em seu rádio-relógio. Melhor deixá-lo com suas convicções. São tão alucinantes que perderia o dia todo tentando fazê-lo mudar.

— Por favor, quero pelo menos mais trezentas fotos e o texto pronto esta tarde para que amanhã eu possa lê-lo com calma. Tullia! —, me grita enquanto eu já escapava pelo corredor.

— O que há? — pergunto-lhe, colocando a cabeça na porta.

— Olha, esta é a última chance que te dou —, diz isso com um ar de mafioso da série "Se Você Falhar, Eu e Di Mezzo te Quebramos as Pernas".

— Certo —, digo, resignada, saindo de trás da porta de vidro.

Passo no laboratório para pegar uns rolos e no escuro total, tateando, toco a mão em alguma coisa; humana, sem dúvida; uma parte do corpo que se mexe ou algo parecido.

Retiro rápido a mão, com asco. Acendo uma lampadazinha vermelha e dou de cara com o desgraçado do Di Mezzo, de cabeça baixa, com o rosto voltado para o balcão.

— Desculpa... sabe, esse escuro... —, digo indo para trás, com nojo.

— Imagina, chega mais —, diz isso de forma ambígua, crendo que de fato eu quisesse cheirar seu traseiro ou fazer algum outro joguinho erótico como o de hoje de manhã.

Fecho e abro os olhos para ver melhor e, apesar da pouca visibilidade, noto claramente o seu nariz cheio de pó.

— Quer um pouco? — me diz, colocando um pedaço de papel laminado cheio de uma coisa branca parecida com farinha ou talco. Só então me dou conta que ele está cheirando cocaína, esse nojento.

— Não, obrigado, vou pegar os meus filmes e sair. — Procuro-os por toda parte como um urubu, para ir embora logo daquele lugar que, por causa da luz vermelha e da droga, estava parecendo um bordel decadente.

— Olha que essa é da boa, sem mistura. Ganhei ontem, lá na Pagoda.

— Ah, não tenho dúvida disso, mas sabe, ainda não tomei café da manhã e assim, em jejum... —, digo, pois com esses aloprados, é melhor passar por um deles, pois podem te aprontar uma boa pelas costas para se vingarem.

— Não vejo nem sombra dos rolos, vai ver deixei tudo em casa. Bem, tchau então! — falo isso e me mando o mais rápido possível.

— Nos vemos às cinco, para escrever o texto, não se esqueça —, solta essa, enfiando o nariz de novo no pó.

Ainda bem que em três segundos estou fora do escritório, no patamar.

Agora entendo como ele consegue tirar quatrocentas fotos à noite. Com aquela coisa no cérebro deve ficar a mil por hora. E depois, quem sabe a oferece para os donos da discoteca para obter informações sobre as garotas mais sexy e disponíveis para fotografar. Ou talvez dê para as próprias meninas para convencê-las a tirar as fotos.

O asco é tão grande que quase sinto seu cheiro bolorento. De fato um fedor muito desagradável, tipo banana podre, parece chegar direto do vão da escada.

Entrando no elevador, imagino que poder tem a nossa mente de materializar nossas sensações psicológicas de maneira tão nítida. É incrível. Um fedor de depósito de lixo debaixo do sol a pino. Daqueles que derretem até a sola dos sapatos.

Depois me viro e lembro que a ascensorista é uma mulher entediadíssima e que a seu lado tem uma lata de lixo. De fato vejo algumas cascas de banana apontando para fora dela. Sorrio para ela procurando consolá-la, pois ela deve respirar aquele cheiro horrível todos os dias, pobrezinha.

E para ela, essa não é uma questão psicológica.

Entro no carro irritada porque o dia não começou nada bem. Luca indo embora batendo a porta na minha cara e sem dizer quando volta, o Osvaldo ameaçando me substituir definitivamente por Di Mezzo caso não faça bem o meu trabalho. Ainda bem que daqui a pouco estarei de novo na rua tirando fotos, que é a única coisa que me acalma de verdade, quando estou pegando fogo por dentro.

Enquanto fotografo, acredito por alguns segundos ser possível viver sem nos insultar ou discutir agressivamente. Comunicar-se com o próximo sem desperdiçar decibéis no éter, mas sim observando um ao outro, com imagens. Agora então que é possível enviar fotos pelo computador e pelo celular, quem sabe quantas brigas inúteis poderiam ser evitadas.

Vou à portaria pegar os rolos e ao entrar, pelo saguão, percebo que a porta está semiaberta. A portinhola de cima, pelo menos. Será o Luca que teria voltado lá para fazer as pazes? Que lindo, me fará aqueles agrados de que precisei de manhã. Ou irá comigo fotografar, algo que o diverte bastante.

No vão da porta vejo uma sombra passar rapidamente e ao mesmo tempo, no campo sonoro, ouço um choro de recém-nascido e digo pra mim mesma: Ai Deus, é a minha irmã. Deve ter brigado de novo com Bernardo, maldita a hora em que eu lhe dei a chave justamente para refugiar-se aqui, num caso de emergência. Era muito feio deixá-la sozinha com um bebê de colo apanhando do marido. Mas as emergências estão acontecendo agora duas ou três vezes por semana. E eu tenho de tocar minha vida. Ainda mais que ela, graças ao bebê que lhe chupa as tetas murchas, recebe uma mesada do pai, que não vejo, diga-se, há dez anos pelo menos. Com esse dinheiro poderia alugar também um cantinho para ela e mandar pro inferno o seu marido em vez de vir sempre até mim.

Quanto mais tem filhos, mais caprichosa fica. A família está sempre pronta para desembolsar o dindim quando o negócio é proteger sua prole. Um ouvido ou um olho em que se mirar. Infelizmente me convenço cada vez mais de que não terei filhos nunca. Ao menos para restituir um pouco a dignidade ao gênero feminino que, miseravelmente, pelo andar da carruagem, vai ser tratada da mesma forma que uma incubadora ou uma vaca leiteira.

"Você trabalha, não precisa de nada e de ninguém", é o que meus familiares me dizem. Belo raciocínio. Então quanto mais você rala trabalhando, menos tem direito de ser ajudada? Não entendo. Todo dia corro o risco de perder minha vaga e muitas vezes tenho de ficar quieta e boazinha além de ajudar minha irmã, que jamais procurou um trabalhinho que fosse. Tem de amamentar e de jeito nenhum sai por aí se divertindo tirando fotos!

Em suma, é o cão mordendo o próprio rabo. Só que quando tem criança no meio, começam a morder também o seu rabo sem que você tenha pedido absolutamente nada.

Quando minha irmã chega, fica em casa alguns dias pelo menos. Isso significa que ultimamente a vejo quase sempre. Seguro a portinhola e percebo que ela está falando com alguém. Repentinamente o fantasma torna-se real: está atrás da Mãe.

Nunca mais falei "minha" mãe, pois "pra mim" nunca teve nada. Assim, nas raras ocasiões que tenho de nomeá-la, consigo dizer no máximo "A Mãe", porque "mamãe" também me parece uma palavra pouco adequada. As mamães são aquelas pessoas que cuidam de seus filhos, que estão prontas para escutá-los, para ajudá-los.

A Mãe é justamente o oposto. Parece que nos colocou no mundo para encontrar finalmente alguém que cuidasse dela. Se você tem um problema, ela tem sempre um maior. Se você precisa de dinheiro ou de outra coisa qualquer, ela sempre precisa mais do que você. Se você está triste, ela está prestes a se matar.

Os seus problemas são sempre imensos, insolúveis e muito, mas muito mais graves que os meus ou do resto da humanidade. E mais, muitas vezes te acusa de ser você a causa do turbilhão de desgraças que a atingem.

— Maldita a hora em que você me obrigou a deixar teu pai! — diz assim que entro em casa, lançando-me logo em suas angústias existenciais.

Ainda com essa história. Divorciou-se do meu pai faz quinze anos porque ele batia nela e a traía a toda hora, inclusive com sua irmã. Mas desde que o seu atual companheiro começou a sofrer do mal de Parkinson e ficou paralisado numa cadeira de rodas, repentinamente apaixonou-se de novo pelo seu ex-marido.

Defender-me seria um esforço inútil. Em vez disso, tento encontrar logo os rolos, assim me mando o mais rápido possível desse lugar.

— Ele era o homem da minha vida! Se você não tivesse me aconselhado a deixá-lo, eu teria ficado com ele pelo resto da minha vida! Mesmo que ele me quebrasse as duas pernas, ficaria com ele! — prosseguia ela, agarrando-me num pulo e com esse gesto espatifou no chão a lâmpada da escrivaninha.

Penso automaticamente na cara da Gioconda da próxima vez que passar por aqui.

— Chega de encenação! Sou eu quem está mal agora —, interveio a sister, tentando introduzir a história que seu marido Bernardo também é um homem violento.

— Vá para Nápoles agora atrás de seu pai e o convença a voltar para mim, você entendeu? — me agride ainda A Mãe, sem nem ter escutado a minha irmã.

— Você tá louca. Não tenho tempo pra isso, tenho de trabalhar. Pensa que vou a Nápoles falar com meu pai com quem não falo faz anos —, tento me defender, prestes a sair do sério.

Já não se preocupa comigo. Agora quer que eu resolva os seus problemas, divórcio e separação ao mesmo tempo.

— Ele é o homem da minha vida, que quer que eu te diga? Mas deixa, o que você entende de paixão? — grita para mim, soltando perdigotos na minha cara e me chacoalhando com veemência, como sempre faz.

Não estou certa de ter força suficiente para enfrentar tudo isso.

E eu pensei que era o Luca. Quando vi a porta aberta pensei que ia encontrá-lo me esperando em silêncio, com um belo pedaço de queijo nas mãos. Imaginava que faríamos dois ovos na frigideira no fogãozinho e que iríamos saborear uns nozinhos de queijo de cabra frescos trazidos pelos seus amigos refinados. Falando no meu ouvido que queria fazer as pazes, me abraçaria e me encheria de beijos, antes que eu partisse para o ataque selvagem.

Mas, em vez dele, eram apenas A Mãe e minha irmã.

E nada de silêncio. Onde elas se encontram, berram: em casa, na rua, nas lojas. Berrariam mesmo se Gigi Marzullo as convidasse para o Sottovoce.*

Se Luca estivesse aqui a teria apartado de mim e a acompanhado docemente até a porta, como faz sempre. Por um segundo a trataria com extrema gentileza e ela teria se acalmado, pois não está acostumada com homens gentis. Então, rápido como um gato, fecharia a porta na cara dela.

Está certo que ela, por vingança, grudaria no interfone. Ela sabe que não atendemos o celular quando sabemos que ela está assim, tão agitada. Às vezes fica com o dedo colado na campainha a noite

---

* Programa de entrevistas da televisão italiana, comandado por Gigi Marzullo. (N. do T.)

toda. Mas aprendemos a desligá-la discretamente: a desparafusamos da parede tirando o dispositivo sonoro e, quando finalmente ela se cansa e volta para casa, parafusamos tudo de novo.

Uma vez, quando ela estava mesmo fora de si, depois de horas no interfone sem que respondêssemos, chamou minha irmã em Firenze à noite, dizendo-lhe para correr até Roma porque Luca havia me matado. Na mesma hora minha irmã ligou para o nosso celular tomada pelo pânico, e, em resumo, entre o susto que ela pregou nela, no marido e no filho deles que ainda estava na barriga, com toda aquela barulheira que rimbombava por meia Itália, A Mãe arruinou a noite de uma dezena de pessoas. E voltou para casa pra lá de satisfeita.

De fato, quando está fora de si, procura fazer com que todo o gênero humano a seu redor perca a cabeça. Só assim ela se acalma.

Mas por que vieram brigar esta manhã justamente aqui?

Quando A Mãe irrompe e Luca está na área sempre dou muita risada. Olha pra ela de um jeito engraçado, e a imita de uma forma hilária, que me lembra imediatamente um desenho animado. Pelos olhos de Luca fica ridícula e também pelos meus e assim não sofro. Acontece algo de extraterrestre, mas inócuo de tão exagerado.

Nem bem ela se vai, nós caímos na risada e a tensão desaparece no ar num piscar de olhos. Quando ele não está aqui, ao contrário, os gritos da Mãe ficam repercutindo na minha cabeça por horas. Deixam-me paralisada. Não consigo fazer mais nada. Nem mesmo ir trabalhar.

Quando Luca não está comigo, aos poucos fico como elas, as mulheres da minha família. Também agora, com os seus gritos, estão de novo me possuindo.

■ ■ ■

Cresci entre gritos estridentes e pancadas, e assim que se materializam volto à infância, totalmente impotente e desprotegida. Vou ficando cada vez mais atordoada até perder o limite que me separa delas. Como esses rocks que estão na moda, fortes e agressivos. Escuto isso bem alto desde que sou pequena e, na presença delas, deixo de pensar, desejar e agir.

Hoje essas duas me deixaram na pior. Estou certa de que, depois de todos esses decibéis que as duas estão atirando em cima de mim, não terei a mínima condição de atravessar a porta.

Mas, surpreendentemente, A Mãe me esquece por uns segundos. Talvez eu não a satisfaça o bastante. Resolve mudar de alvo: minha sister.

— A única maluca apaixonada por um homem violento sou eu, é? E você, o que me diz? O Bernardo também não bate em você? E mesmo assim continuam juntos! — ela berra, agarrando-a e estapeando-a, ignorando a criança que minha irmã tem nos braços.

Eu olho a criança recém-desembarcada nesta Terra, que procura permanecer grudada no colo materno apesar de todas as pancadas. E de repente uma vozinha dentro de mim, que surge de vez em quando, diz novamente que nunca colocarei um filho no mundo, eu juro.

Quando eu era criança, me vinha um frio na barriga toda vez que os meus familiares se espancavam. Era quase um dia sim, um dia não. Uma espécie de dor de barriga. Daquelas que vêm lá de dentro. Ver agora meu sobrinho Rocco nas mesmas condições deixa claro para mim que essa decisão é irrevogável.

Olho para essa pobre almazinha que começou a chorar harmonizando-se com a atmosfera geral. Depois me concentro em minhas consangüíneas, que ainda berram uma com a outra, e me vem uma luz. Consigo inacreditavelmente sair do torpor e aproveito o bate-boca momentâneo entre elas para recuar do front e cair fora.

Volto-me para fugir quando, Deus meu, dou de cara com os olhos furibundos de Gioconda. Estão ali do outro lado da portinhola que ficara aberta. Parecem brilhar, de tanto que estão injetados pelo ódio. Fico paralisada de novo, como se estivesse brincando de estátua.

Enquanto isso, as duas às minhas costas ainda disputam pra saber quem tem o marido mais violento.

— Pare de pensar só em você! Hoje de manhã Bernardo me deu um soco tão forte que fez Rocco voar! Olha!, berra a sister mostrando à Mãe uma mancha na barriga.

— Isso porque nem você nem sua irmã nunca conheceram o verdadeiro amor! Amor passional! A verdade é que vocês me fizeram largar seu pai porque são ciumentas! — berra em resposta A Mãe, socando a mesa branca, procurando fazer nela um belo de um rombo.

Até aquele instante Gioconda não havia dito uma palavra sequer.

Olha para mim com fogo nas ventas. Como aqueles touros que ficam furiosíssimos quando avistam o vermelho daqueles toureiros fedidos que não os deixam em paz. Então passa em revista como um radar o seu imóvel. Percebe a desordem geral e nada lhe escapa, naturalmente, nem mesmo a lâmpada espatifada pela Mãe. Como o Schwarzenegger num trecho de O Exterminador do Futuro, seu olhar robótico se dirige ao chão onde meus familiares deixaram umas pegadas escuras fresquinhas, fresquinhas, porque entraram sem tirar os sapatos, claro.

Notamos ao mesmo tempo, também, que aquele soco na mesa lançou ao chão um cinzeiro art nouveau, que se quebrou em dois com a queda. Sem nem mesmo entrar, Gioconda começa a me ameaçar duramente.

— Você é mesmo uma degradada. — Fala num tom pacato, mas muitíssimo intimidador. Escande lentamente as sílabas, chateada de verdade, como se estivesse mastigando pedaços de limão. — Como é capaz de viver desse jeito? Sabe quanto me custou essa reforma? Para fazer entrar na cabeça daqueles romenos retardados o estilo americano, tive até de pagar um tradutor. Se eu entrar aqui hoje à tarde e não estiver tudo em ordem, pode sair daqui essa noite mesmo, está claro? — me diz antes de sair e desaparecer.

Eu queria dizer para ela: mas hoje eu tenho de ir fotografar, não posso ficar aqui limpando e arrumando a casa, justo agora. Mas ela já sumiu.

Dando-se conta do problema que arrumaram, as duas consangüíneas pararam milagrosamente de brigar e entenderam que era melhor levantar acampamento, deixando-me sozinha para arrumar a casa. A mim, a honra de reparar os danos que elas causaram.

— Vamos embora agora, certo? — disse A Mãe, num tom de voz surpreendentemente normal.

— Voltamos amanhã pra te ver —, disse minha irmã, se recompondo.

— Não, depois de amanhã, ou melhor no fim de semana —, explodo, dizendo-lhes com os olhos que é melhor que me deixem em paz por um bom tempo.

— Você sempre fica feliz quando se livra de nós, não? Egoísta! — exclama A Mãe, com uma voz melodramática à napolitana, antes de desaparecer.

Enquanto tomam o rumo da porta, eu apanho um pano para limpar o chão.

Que sujeira...

Se eu chegar às cinco sem as malditas fotos, Osvaldo passa a matéria para Di Mezzo e eu posso esquecer dela. Será sempre mais difícil ser notada numa revista menos pornográfica.

Talvez se eu der uma corrida, posso limpar e arrumar tudo em umas duas horas. Mas o que eu vou fazer com aquela mesa? Encontrar um marceneiro na lista telefônica, que trabalhe perto daqui e não seja careiro.

Mas uma coisa de cada vez: resolvo começar pelo cinzeiro que é a coisa mais fácil. Pego a superbonder e procuro colar um pedaço dele ao outro. Mas olha só o que eu tenho de fazer. Se Luca estivesse aqui, já teria feito isso. Ele é muito bom para consertar coisas. Conserta tudo sem errar: torneiras, sistema elétrico etc. Tem coragem até de quebrar uma parede e rebocá-la em um dia se está convencido de que isso vai resolver um problema de encanamento.

Como faz falta agora.

Os gritos daquelas duas ecoam ainda na minha cabeça como se eu tivesse batido minha cachola contra a parede uma centena de vezes. De todo modo, Gioconda tem razão, neste lugar eu não posso mesmo me relacionar com ninguém. Tampouco com este cubículo, pois como se faz para viver numa casa onde não se pode arranhar, arrastar, amassar? Uma casa onde temos de andar na ponta dos pés e sempre descalços? Um lugar onde você se sente vigiada, observada, julgada?

Tenho vontade de comprar os classificados de imóveis e procurar um lugar para nós. Assim que Luca voltar, decidimos os bairros que queremos e começamos a visitar os apartamentos. Tenho certeza de que isso será bom para recomeçarmos, como nos velhos tempos, sem muito dinheiro mas felizes.

Se aquelas duas tivessem pelo menos tirado os sapatos antes de andarem pra lá e pra cá umas cem vezes pela casa...

Gruda um pouco de cola nos meus dedos e penso que pelo menos uma coisa boa Gioconda trouxe: fez desaparecer minha irmã e A Mãe da minha frente.

Semelhante cura semelhante.

Melhor a chateação a respeito da lâmpada do que os berros das minhas consangüíneas.

Gioconda é a última amiga que me restou. Mas depois de todos esses insultos também nosso relacionamento esfriará. Será duro voltar a ter intimidade com alguém que te chama de degradada na sua cara. Ainda mais que as ofensas que recebo repercutem na minha cabeça por meses. Tremo só de pensar nelas, ainda mais se revejo a pessoa que as atirou contra mim.

Às vezes penso ser irremediavelmente incompatível com a espécie humana. Apaguei tanta gente do meu convívio, se não fosse por Luca viveria como uma freira num convento. Ao menos fechada dentro de quatro paredes as palavras dos outros não me feririam. Eu tento ser uma boa amiga, filha, irmã, parente, mas parece sempre que erro, que irrito as pessoas, e então suas palavras envenenadas permanecem dentro de mim, impressas para sempre. Como aqueles namorados que gravam seus nomes nas árvores. Voltam dez anos depois, as palavras estão meio apagadas, mas estão lá.

Quando me insultam, sinto-me apunhalada, ofendida, mortificada. Não sei por que dou tanta importância às palavras dos outros. Vejo muita gente trocar insultos horrorosos e depois, sem mais, trocar as mais íntimas confidências, como se isso fosse normal.

A mim, basta uma ofensa qualquer para eu me sentir dilacerada. As ofensas da Mãe me deixam arrasada. Fico impressionada em pensar que eu tenha saído daquele corpo. Pergunto a mim mesma se um dia eu também irei tratar assim algum descendente meu.

Quanto à minha irmã, nem falamos sobre isso. Com ela me sinto totalmente estranha. O estranhamento nesse caso aumenta mais ainda porque ela é loira de olhos verdes e eu tenho olhos e cabelos escuros. Comemos juntas na mesma mesa quase vinte anos, brincamos com as mesmas barbies e ouvimos os mesmos discos dos Bee Gees. Mas com suas agressões verbais ou físicas, ela também parece ter vindo de outro planeta e não da mesma barriga.

Contudo, elas fazem parte da minha realidade e talvez eu tenha de me resignar com isso. Talvez eu esteja confusa porque vi muitos filmes no cinema e na televisão. Imaginei um ideal de família com base naquelas famílias calmas e felizes como a Família Dó-Ré-Mi. Era a esse tipo de família que eu gostaria de pertencer. Mas talvez seja melhor pensar que eu seja maluca também, como o resto do bando.

A outra Tullia, que ama Luca, que ama a tranqüilidade e as fotografias de paisagens marinhas ou dos capitéis encarapitados nos palácios, é só uma invenção minha. Uma roupa postiça que visto com prazer, mas que não corresponde à minha verdadeira natureza. Vesti-me assim para experimentar mas depois, sem que me desse conta, isso acabou por me modificar por dentro também e criou a ilusão de que eu era diferente do que sou. Como os atores que interpretam Hamlet e se sentem mais deprimidos e nobres no dia-a-dia, durante a temporada.

Mas não é no cotidiano que temos o direito de mudar, de vestir a roupa que quisermos? Caso contrário, que liberdade haveria?

Transformar-se em si mesmo também é procurar ficar mais parecido com o que se sonha, se deseja, até mesmo com os filmes preferidos. Desejei tanto a tranqüilidade que acabei me afastando de todos, tornando-me quase autista. Estou tão habituada a esse silêncio que agora, assim que gritam à minha volta, fico novamente agitada e sem rumo, como antes.

Esfregando o chão com acetona para unhas, que é o melhor removedor de manchas, agradeço o fato de ter o Luca. Tirando a hora que ele me fala em ter filhos, todo o resto do tempo eu gosto muito dele. A toda hora do dia e da noite.

Agora só falta um pequeno borrão para limpar.

Para convencê-lo, direi a ele que todas as mulheres que conheço, incluindo minha irmã, ficam teimosas quando parem. Para não falar da depressão pós-parto. Sempre no psicanalista. Não seria melhor arrumar, de uma vez, uma esposa maluca? Além disso, como acha que uma mulher deva se sentir tendo um ser que chupa suas tetas e berra em seu colo?

Quem sabe se eu lhe der um gatinho ou um poodle ele não sossega. O seu aniversário está chegando... Mas e Gioconda, o que ela vai dizer se eu levar para casa um animalzinho porcalhão? Pensando bem, ela também ficou muito diferente depois que pariu dois bebês, um depois do outro. No mais, nunca conheci mães tranqüilas. Ocupar-se com filhos provoca uma lavagem cerebral. Acreditam no casamento. Não sentem culpa por não terem feito outra coisa na vida e, finalmente, se sentem com pleno direito de serem mantidas pelos maridos, pais ou pelos dois ao mesmo tempo.

De todas as mulheres que eu conheço nenhuma permaneceu a mesma depois que pariu. E nunca mudaram para melhor. Alguma coisa isso quer dizer, não? Pra mim, ao parir, elas procuram solucionar o problema de sua posição no mundo, mas acabam ficando mais perdidas do que antes. Não é, portanto, agarrando-se a outro ser humano que vão se encontrar a si mesmas. Ao contrário.

Apanho os cacos da lâmpada e penso nas mulheres que admiro. Madre Teresa de Calcutá, Joana D'Arc, Margherita Hack, Gianna Nannini. Nenhuma, mas nenhuma delas mesmo, jamais teve filhos. O que é isso? Uma coincidência?

Por que devo acabar odiando meus filhos como minha mãe ou gritar na orelha de um pobre recém-nascido como minha irmã?

Um fragmento da lampadazinha quebrada se enfia no meu dedo justo na hora que o meu celular toca na bolsa. Tento tirá-lo do dedo mas depois vejo um Luca piscar no monitor do celular e resolvo deixar o caco pra lá por causa da ansiedade.

Está me telefonando para pedir desculpa e para dizer que me ama, estou certa disso.

— Alô? — respondo excitadíssima com um fio de sangue escorrendo pelo pulso.

— Alô, é a senhora Tullia? — fala uma voz masculina com forte sotaque, que não identifico bem de onde.

— Sim, sou eu, mas, desculpe-me, quem é o senhor? — respondo com raiva, por não ser o Luca.

— Desculpe-nos, mas tentamos discar o último número digitado pelo sr. Ognon, você o conhece?

— Claro que eu o conheço, é meu marido, mas o que... o que está acontecendo? Quem é o senhor? — pergunto com o coração na boca.

— Bem, veja, antes de tudo se acalme. Sou Taglialatela, anestesista do pronto-socorro do hospital Santa Anastácia, de Áquila. Seu marido sofreu um acidente grave. Venha até aqui que lhe explicaremos tudo.

— O quê? Como assim "venha até aqui"? Vocês têm de me dizer o que aconteceu, pelo amor de Deus! Que tipo de acidente? — quase engulo o celular, que de uma hora para outra parece muito pequeno para conter todas as minhas perguntas.

— Bem, veja, trata-se de um acidente gravíssimo, mas por favor, fique calma. Os alpinistas de San Loreto o socorreram e trouxeram-no até aqui. Parece que escorregou de uma parede de gelo. Venha até aqui que lhe explicaremos tudo. Nosso endereço é rua della Ferratella...

— Deixe-me falar com ele! Entendeu? Quero falar com meu marido! Agora!

— Veja, é que... o fato é que... ele não está em condições de falar neste momento... não recobrou a consciência ainda. Estamos tentando despertá-lo, lamento.

Não falo mais nada. Sobe um bolo na minha garganta que não me deixa falar. De qualquer forma seria inútil, pois ouço desligarem o telefone.

O dedo manchou de sangue o celular e respingou de vermelho também o imaculado chão branco.

Sem pensar, largo tudo e me precipito pra fora. Imagino somente em como chegar a Áquila o mais rápido possível. Que acesso devo pegar? A auto-estrada em direção a Teramo? É preciso passar por Abruzzo? Mas não estou certa agora que Áquila seja em Abruzzo. Talvez fique em Molise, agora que me veio isso à cabeça. Quando saímos de Roma, é sempre o Luca que dirige, meu Deus!

Meu coração bate a mil por hora e está a ponto de pular fora. Sinto-o latejar até nas orelhas. Minhas pernas tremem e, tropeçando, tento entrar no carro que, por sorte, tinha deixado aberto. Começo a andar aos trancos e penso como sair o mais rápido possível da cidade. Procuro fazer a mesma coisa que Luca e ir pelas ruas que ele pega quando saímos de Roma. Lembro-me daquela em direção à praia, onde fomos quando A Mãe estava aqui e quisemos refrescar o cérebro entre as ondas.

Não quis ir mais às montanhas com ele e agora tento imaginar o mapa da Itália e me lembrar para que lado devo ir para chegar a Abruzzo. Sim, deve ser mesmo em Abruzzo, sem dúvida.

Ele me mostrou várias vezes os mapas, as montanhas onde gostava de escalar. Mas eu, nada. Sempre o enxotei, preferindo ver televisão ou escolher as fotos tiradas com a grande angular.

Leste. Abruzzo fica no leste. Sobre isso não tem dúvida. De todo modo, a melhor coisa a fazer é pegar o anel rodoviário. Portanto, cedo ou tarde aparecerá uma seta com o nome de Áquila em cima, indicando o caminho.

Do que me lembro, tenho certeza de que em Roma mesmo tem uma indicação dessas.

Meu rosto está tão transtornado que não gostaria que os pedestres se preocupassem, me fizessem descer do carro e perder mais tempo.

PEDÁGIO, TIVOLI, ROTATÓRIA.

Sim, a rotatória me parece a mais certa para pegar o anel. Dou o sinal na última hora e viro bem na frente de um Fiat 600, que mete a mão na buzina, me xingando. Nem ligo e seria melhor se eu provocasse um acidente, penso, assim me livro dessa angústia e estou pouco me lixando pelo que acontecer.

A única coisa que eu peço é poder ficar ao lado dele de novo, no Centro de Reanimação esperando encontrá-lo o mais rápido possível em outra dimensão. Num limbo de dor que talvez ainda não seja a morte, mas que certamente também não é vida.

Colocarei um ponto final em tudo: Osvaldo, minha família, o dinheiro que nunca é suficiente, as fotos que ficam cada vez mais pornográficas, os corpos das garotas que se acotovelam diante da máquina fotográfica.

Piso no acelerador e imagino alcançá-lo. Eu também quero estar onde ele está agora. Independente de onde seja, esse lugar onde você está é melhor que este onde eu estou, sozinha e sem você. Mesmo que aí você não pense nem converse, estou certa que eu te sentiria de qualquer jeito. E isso seria o bastante para mim.

Falei coisas desagradáveis para você esta manhã. Porque deveriam ser justo essas nossas últimas palavras? Dissemos um ao outro tantas coisas bonitas esses anos todos, tinham de ser as piores as últimas palavras a nos envolver?

Finalmente a placa para Áquila aparece atrás de uma curva e ainda nem cheguei ao anel. Sim, é ela mesma, há também uma seta para Nápoles mas não devo ir por aí.

ÁQUILA!, é só virar. Dou o pisca, enxugando as lágrimas, porque com o limpador de pára-brisa ligado e os meus olhos ensopados, vejo tudo embaçado, Deus do céu. Lá fora está tudo cinza. Parece que Deus começou a chorar junto comigo. As pessoas estão emburradas debaixo de seus guarda-chuvas. Os pedestres, as nuvens, as árvores, os bancos, os guard-rails, todos eles ouviram essa notícia terrível e começaram a chorar também.

Levantem, saiam da frente com esses seus carros lentos. Eu tenho de correr, correr o máximo que posso. E se eu não conseguir nem ao menos apertar suas mãos pela última vez? Nem ver em seus olhos sua alma voar para a outra dimensão?

Quem sabe por uma questão de segundos não poderei nunca mais sentir seu calor, só senti-lo frio e duro como a morte. Quero tocá-lo e beijá-lo, tenho certeza de que seus lábios ainda estão quentes. Isso seria o bastante para mim. Ficaria contente com essa tepidez.

Ficarei ali, a seu lado, a vida toda, esperando que desperte novamente. Eu sei, eu sei que isso é possível. Acontece poucas vezes, mas acontecerá com ele, com certeza. Despertará novamente e seremos felizes de novo juntos. Teremos não um, mas dois, três, quantos filhos você quiser.

Por que foi acontecer algo tão horrível assim? O que há de mais importante na vida do que aquilo que nasce entre nós quando estamos juntos?

Sei que você vai voltar, vi isso na televisão, tenho certeza. Creio num milagre, mesmo que eu nunca tenha acreditado até hoje, crerei a partir de agora. Visitarei todas as igrejas que encontrar e acenderei velas, registrarei tudo. Irei até Londres e a todo lugar que disserem ser preciso ir para alcançar esses abençoados fenômenos sobrenaturais.

Tenho certeza de que conseguirei. Vou concentrar na sua recuperação todas as minhas forças e sei que isso vai acontecer. Ninguém me desviará desse meu objetivo. Não farei nada a não ser cuidar de você. Só quero que você volte, meu amor. Não importa que você não consiga mais se mexer nem falar. Quero ver a vida em seus olhos ainda, isso já me deixará feliz.

Afundo mais ainda o pé no acelerador. A gasolina está acabando, mas não posso parar. Seriam preciosos segundos perdidos com um estúpido frentista em vez de estar com você, meu amor. E se o carro parar, desço debaixo de chuva e peço carona. Vou tentar segurar o choro porque não gostaria de contar nada a ninguém. Não quero conversar sobre essa história com um desconhecido. Não quero mais ninguém além de nós dois. Não quero tocar, resvalar, cruzar com mais ninguém, nem mesmo com uma palavra ou com um olhar.

Quero estar onde você está agora, só isso. Onde você estiver, é lá que eu quero ficar. Quero renunciar a tudo, já, para ficar com você. Não me interessa mais nada além daquilo que você esteja vendo nesse instante. Não compreenderei o mundo sem o teu olhar filtrando as coisas e explicando-as para mim.

Entre os limpadores de pára-brisa, vejo finalmente a entrada para Áquila, e faço a conversão. Vejo entre os viadutos da autoestrada uma montanha coberta de gelo.

Talvez ele tenha caído dali.

Há pouca gente na rua. Estão todos em casa se protegendo desse triste temporal. Vejo algumas placas, uma após a outra: PREFEITURA, FERROVIÁRIA, HOSPITAL. Sigo esta última sem pensar, como uma sonâmbula. Sigo ainda três ou quatro placas, até avistar uma grade e atrás dela um prédio cinza, com faixas pintadas de verde.

Estaciono.

Não tenho guarda-chuva, mas reparo que já estou completamente ensopada. Melhor assim. A água da chuva no meu rosto vai se misturar às minhas lágrimas e ninguém perceberá que estou chorando.

Chego ao saguão de entrada e paro um instante para enxugar um pouco os cabelos. Há um paciente de pijama e algumas visitas com as roupas respingadas.

Perto de mim, uma garota com um gorro tampando-lhe as orelhas está dando uns chutes numa máquina de doces. Tem um chocolate preso que não quer sair e a garota dá socos na máquina. Veste uma minissaia xadrez e um colar de pérola enrolado no pescoço. Fico chocada com o contraste entre as roupas elegantes que veste e seu comportamento grosseiro. Olho em volta, sob a luz fluorescente que deixa as paredes verdes mais verdes ainda.

— Por favor, o doutor Taglialatela.

— Sim, ele é do Centro de Reanimação, primeiro andar, ala C.

Subo a rampa e sigo a letra C escrita nas paredes e no chão. O pavimento é de linóleo verde que já deve ter alguns anos, por causa das bolhas de ar que possui. Piso nelas enquanto caminho, mas não fazem barulho.

As letras C me levam cada vez mais para o fundo do corredor. Há janelas dos dois lados e com o cinza do temporal parece que lá fora é noite, embora sejam ainda mais ou menos três horas da tarde.

Dobro à direita e dou num corredor mais comprido ainda. Tem uma luminária piscando e outras completamente apagadas. Nesta ala há poucas pessoas, uma enfermeira que transporta um doente numa maca, e uma outra carregando o uniforme. Talvez seu turno tenha terminado.

Finalmente uma porta com os dizeres REANIMAÇÃO. Empurro-a. Mas é daquelas que abrem e fecham automaticamente. Há mais portas laterais, perto de uma delas há um interfone. Leio vários nomes, entre eles o de Taglialatela. Toco, mas ninguém atende.

— Sim? — pergunta uma voz apressada depois de vários minutos.

— É a senhora Ognon.

— Ah, sim, por favor, estávamos esperando a senhora.

Entro e o deserto do exterior se transforma num caos de gente de roupas verdes ou brancas que andam freneticamente pra lá e pra cá. São os atarefados enfermeiros, um empurra o carrinho com roupas de cama sujas, outro joga uns tubos vazios num grande recipiente.

Viro-me e à esquerda, através de uma janela, vejo os doentes. São sete ou oito. Estão dispostos em um semicírculo em seus leitos, em uma seção pintada de verde. Mais à direita uma seção em azul onde estão outros dois que parecem um pouco piores. Estão todos entubados. Ligados às máquinas que medem as batidas do coração com linhas verdes. Uma garota com um macacão militar e os cabelos mal cortados está com o nariz colado no vidro procurando alguma coisa ou alguém. Se não fosse pelo traseiro arrebitado a teria tomado por um homem.

Empurro a porta para chegar perto dos doentes, mas uma enfermeira fecha a porta na minha cara e me faz sinal que é proibido entrar. Do outro lado do vidro vejo um médico alto, barba e cabelos ruivos acenando para mim e vindo ao meu encontro. Só agora me dou conta que nessa ala só circulam enfermeiras e funcionários do hospital.

Perscruto os corpos inconscientes dos leitos da seção verde. Quatro homens e três mulheres. E de repente reconheço os seus cabelos. São de fato especiais. Impossível confundi-los com os de qualquer outro. São arrepiados, crespos. Castanho-claros. Tão cheios que chegam a ser impermeáveis. Quando tomamos banho juntos, eu falo sempre para ele usar o xampu três vezes para que penetre até o couro cabeludo. Ele ri, mas só passa uma vez. Gosto do cheiro deles, mesmo quando não estão muito limpos. É igual ao de seu suor, mas menos azedo. Às vezes, à noite, eu ficava cheirando-os e ele me dizia que eu era louca. Torço para me deixarem cheirá-los aqui. Só uma vez.

O médico ruivo atravessa a porta e leio TAGLIALATELA em seu crachá.

— É a senhora Ognon?

Respondo que sim, balançando a cabeça.

— Sou Taglialatela, estamos esperando a senhora —, disse-me, virando-se instintivamente para a figura de macacão militar grudada no vidro. Olha para ela como se eu já a conhecesse.

— Tentamos avisar outros parentes, mas só encontramos duas Ognon no norte da Itália e não estávamos certos de que se tratasse de seus familiares.

— De fato, não tem mesmo. Da família só lhe restou uma irmã, que mora em Paris —, explico-lhe. Continuo a olhar para a figura colada ao vidro e ele finalmente percebe que é a primeira vez que a vejo.

— Ah, me desculpem, não as apresentei. Esta é a senhora Santamaria, foi ela quem se deu conta do desaparecimento e chamou o helicóptero da polícia.

Finalmente a figura máscula olha para mim e trocamos um aperto de mão. Não parece simpática, mas lhe agradeço por ter tirado Luca lá do alto da montanha.

— Prazer, Mila —, diz, procurando sorrir para mim, mas não consigo retribuir.

— Bem, veja, trata-se de um traumatismo craniano, de gravidade oito na escala de Glasgow, não sei se sabe do que estou falando.

Faço sinal que não com a cabeça.

— A escala de Glasgow serve para definir a gravidade do coma. São quinze graus que medem da saúde até a morte cerebral. Quanto menor o número mais grave é o coma. Infelizmente quando seu marido chegou aqui não abria os olhos, nem dava sinais de reação. Agora, só nos resta esperar. É esperar passar pelo menos umas semanas para saber a gravidade do hematoma. Só depois é possível decidir o que fazer —, me disse com aquele ar doutoral.

Mal consigo digerir a primeira parte de sua explicação e ele já me vem com a segunda parte.

— O importante é que o cérebro não inche mais. Se o hematoma for reabsorvido, ele pode acordar. Mas, caso contrário...

— Pode não acordar mais —, eu o interrompo, agastada, achando melhor que ele me diga logo a verdade.

— Exato —, diz isso colocando as mãos nos meus ombros.

Olho para Luca através do vidro. Tem a testa enfaixada e um tubo saindo-lhe pela boca.

— Posso falar com ele?

— Infelizmente os horários de visita têm de ser muito rígidos. Temos muito trabalho com os pacientes e os parentes acabam nos atrapalhando. Até o meio-dia não se pode entrar. De todo modo, aconselho não acreditar muito no que dizem por aí. Está demonstrado cientificamente que falar com os pacientes, fazê-los escutar música, é mais útil para os parentes do que para eles. Acredite —, diz, em tom paternal, com o olhar açucarado e ainda com as mãos nos meus ombros.

Sabe-se lá quantas vezes terá feito esse discurso, quantas pessoas não terá segurado pelos ombros. Sabe-se lá quantos anos trabalha aqui dentro e quantos moribundos já teria socorrido. Quantas mães, pais, esposas terá consolado. A quantas pessoas terá dito as mesmas coisas, inutilmente.

Eu, por minha vez, não digo mais nada e ele tira as mãos de mim e dá a entender que devo ir embora.

Já odeio esse Rosso Malpelo.*

— Os aparelhos daqui são bons? — pergunto-lhe de repente, agarrando-lhe pelos braços.

— O que você está querendo dizer? — me devolve com outra pergunta, parecendo ofendido.

— Quero dizer, são os melhores que existem? Há hospitais mais equipados do que este? Na Itália? No exterior? Seria possível removê-lo para outro lugar mais bem preparado...

— Esta poderia ser uma hipótese na eventualidade do sono... digamos... prolongar-se muito. Para abrir um leito para outro. Quando achamos que não há nada mais a fazer nós os removemos para a seção azul, onde os familiares podem escolher se fazem ou não a doação de órgãos, você está vendo ali? — me aponta com o dedo para a direita, onde estão os dois entubados solitários. — Quanto à eficácia dos aparelhos, fique tranqüila, estão entre os mais modernos que existem. Inclusive, o respirador acabou de chegar de Memphis, há três semanas. É o mais moderno que há —, me diz ainda, antes de sair.

---

* Personagem de cabelos ruivos, protagonista de conto homônimo, escrito pelo siciliano Giovanni Verga e publicado em 1876 em *Contos sicilianos* (Vita dei campi) (N. do A.)

Não sei mais o que dizer nem o que lhe perguntar. Ele desaparece.

A figura ao lado parou de me encarar. Ela também olha para a cabeleira de Luca. Só agora percebo que ela olha para ele de forma muito intensa. Diria bastante intensa. Me dá uma vontade de empurrá-la, pois ela está entre mim e ele. Dou-lhe ainda alguns segundos mas é ela que, repentinamente, rompe o silêncio.

— Luca me falava muito de você —, diz ela, mas não respondo.

Mas quem é ela? Que quer de mim? De onde vem essa intimidade toda? Luca jamais me falou dela nem de nenhuma outra mulher que encontrara nas montanhas.

Desvio um instante os olhos de Luca e a encaro. Além do macacão, de um casaco de milico comprado em brechó, usa coturnos bem gastos, daqueles que se usa quando se está servindo o exército. São muito grandes para ela. E os seus poucos cabelos estão despenteados e cheios de falhas.

— Nós o encontramos em um prado debaixo da Garganta do Lobo. É um longo desfiladeiro de uns cem metros, mas tão estreito que nem o sol entra ali, é por isso que forma gelo em suas paredes. Eu disse para ele levar as botas, que cabeça-dura. Deve ter tomado uma pedrada e escorregado. Tinha me dito que queria fazer uma boa escalada para se acalmar. Estava nervoso. Queria alcançar o Monte Corvo. Mas depois de quatro horas ele ainda não tinha voltado e aquela é uma parede de grau cinco, que ele subia no máximo em duas horas. Por isso fiquei preocupada. A mochila e os outros equipamentos eu já entreguei para as enfermeiras. Mas isto, preferi lhe entregar pessoalmente.

Coloca em minhas mãos o diário de Luca e o seu celular, mas de repente olha pela janela que dá para fora do hospital e grita.

— Dinda! Desculpe-me, mas tenho de ir embora —, diz, desaparecendo rapidamente.

Olho para fora e vejo a menina que estava chutando a máquina de doces. Está saltitando em direção à rua cheia de carros, cantarolando com o gorro até as orelhas. Dali a pouco, Mila sai do prédio e a agarra por trás. Grita com ela, mas pára de repente, como quem toma consciência que se descuidara dela. A menina, Dinda ou como quer que ela se chame, dá de ombros, bufando, e as duas se vão, caminhando distantes uma da outra. Como duas desconhecidas.

A pequena olha tudo com tédio, indiferente. Dá um passo depois do outro, a contragosto, arrastando seus pés dentro das sapatilhas. Mas quem são elas? Por que essa Mila me disse que Luca tinha falado de mim? Por que seus olhos estavam cheios de lágrimas?

Vejo-as desaparecer no final da rua e permaneço imóvel olhando o diário de Luca, preso entre minhas mãos. Reconheço o caderno de couro com a tira que o envolve. Parece um livro antigo, por isso gostava tanto dele. Ele o comprou na Piazza Navona, num Natal, alguns anos atrás. É um modelo único, feito à mão, mas o artesão não se preocupou com um mecanismo de reposição de folhas. Toda vez que elas acabavam, Luca tinha de colar um novo bloco de folhas no couro. Uma verdadeira chateação. Sujava todos os dedos, ele reclamava.

Do mesmo vendedor, comprou também a pena e o tinteiro. Ele gostava de escrever à antiga. Dizia que todo aquele ritual o ajudava a se concentrar: pegar a pena, molhá-la no tinteiro, escolher a melhor inclinação da pena em relação ao papel.

Olho ainda pela janela, mas Mila já se foi. Só agora me dou conta que não troquei uma palavra com ela. Colo no vidro de novo para ver os entubados. Tomara que nesse meio-tempo Luca tenha acordado e, com todo esse vaivém de enfermeiras, ninguém tenha percebido. Acho de novo seu rosto adormecido e seus bastos cabelos. O respirador, os aparelhos, tudo.

Olho detidamente para ele, mas infelizmente está tudo como antes. Para enfiarem o tubo encheram sua boca de esparadrapo e só consigo ver os seus lábios. Procuro me lembrar da última vez que os beijei. A última vez que se mexeram para me dizer algo. O que disseram. Mas não me lembro de nada além de nosso bate-boca e me sinto arrasada. Pelo menos posso ler as últimas coisas em que pensou. Pego seu diário, meio borrado e úmido, escrito com caneta esferográfica.

De repente o tempo fechou, melhor assim que eu esteja em companhia desse céu carrancudo. A umidade do mar Adriático se concentrou toda aqui em cima e receio que eu possa me perder.

Mas por que Mila não me disse isso antes? Dinda, minha filha. Não posso crer nisso.

Por que essa louca não me disse isso anos atrás? Disse para ela que não a amava, mas poderia tê-la ajudado, pelo menos com algum dinheiro...

Conversei um pouco com Dinda hoje de manhã e ela me pareceu muito inteligente. Não vejo a hora de dizer isso a Tullia, que Dinda é minha filha, quero aprender a conhecê-la junto com Tullia, como se nós três fôssemos uma única família.

■   ■   ■

Não consigo ir em frente. O diário cai das minhas mãos e meus joelhos tremem tanto que acabo no chão também.

Dinda, sua filha? Mas como? Aquela menininha que dava pontapés na máquina, filha de Luca? Mas como é possível?

Instintivamente começo a correr na direção dela. Percorro de novo os corredores, as escadas e corro para fora do hospital. Corro para a rua refazendo o caminho que elas fizeram. Mas nem sinal da filha, tampouco da mãe.

Volto subindo os degraus da escada de dois em dois. Sem perceber, vôo pelos corredores. Pode ser que aquele doutor saiba alguma coisa sobre essa história. Parecia conhecê-la.

— Desculpe-me, o dr. Taglialatela? — pergunto a uma enfermeira gorducha que se chama Bianca Annichiarico, segundo seu crachá.

— Infelizmente ele já foi embora, você o encontra amanhã cedo —, responde, carregando um cateter nas mãos.

— A senhora sabe onde fica um lugar chamado San Loreto? E a Garganta do Lobo? —, pergunto ainda, de queima-roupa, segurando-a pelo braço.

— Na verdade, não... —, disse ela, procurando se soltar.

— Para chegar a San Loreto deve fazer o mesmo caminho para Roma, mais adiante você vê as placas —, disse-me um enfermeiro que havia parado ali perto, curioso.

— Aquela moça que estava aqui, Mila Santamaria, sabe onde posso encontrá-la? — pergunto a ambos depois de ter soltado o braço da enfermeira gorducha.

— Que moça? — pergunta o enfermeiro curioso.

— Aquela que estava aqui agora.

— A noiva do alpinista? — perguntou a gorducha, massageando o braço.

— Não, na verdade... sim, a noiva do alpinista —, repeti, pois não há por que explicar a eles toda essa história.

— Ela tem uma loja de material para alpinistas, em San Loreto. Conheci o pai dela, morreu aqui, com a gente —, me diz ainda a gorducha, dando no pé. Percebeu que se ficasse, eu lhe faria mais um monte de perguntas.

— Entendo... —, digo, quase só para mim mesma, porque os dois já haviam entrado para cuidar dos doentes.

A gorducha troca a medicação de uma das entubadas enquanto o enfermeiro observa uns números no monitor. Depois, ele levanta a bata de um entubado, molha uma esponja numa baciazinha e a esfrega no seu corpo, procurando não molhar o lençol.

Nesse meio-tempo, a gorducha agacha-se no chão. Pega um recipiente debaixo de uma cama. Só depois me dou conta que, no meio daquilo tudo, havia um emaranhado de tubos debaixo das camas e agora imagino que sejam para recolher os excrementos dos doentes.

Fico colada ao vidro tentando ver pelo menos um pedaço dos lábios de Luca e acabo num estado de catalepsia. Sei que, se eu não conseguir lembrar deles agora, nunca mais lembrarei. Ou não vão lhe tirar mais aqueles tubos e o esparadrapo ou irão transferi-lo para outro hospital.

De repente meu celular toca na bolsa e me tira desse estado. Agarro-o e vejo que é o Osvaldo. Seu nome brilha no monitor do celular. Nem chego a responder e ele começa a praguejar.

— Cacete, Tullia, onde você está? Piero está te esperando há uma hora! — berra no celular, antes mesmo de eu dizer alô.

— Ah, oi, Osvaldo, sim... não... desculpa, é que aconteceu uma desgraça e... não poderei ir até aí. Passa a matéria pro Piero. Não faz mal.

— Mas o que você quer dizer com esse "Passa a matéria pro Piero"? E as tuas fotos? Ele contava com elas, temos de mandar a revista pra gráfica amanhã!

— Sim, eu entendo, mas olha, Luca está no hospital. Foi uma coisa horrível —, digo a ele, mas logo me vem um bloqueio e perco a voz.

— Ah —, diz ele, surpreendentemente mais calmo.

Não ouço nada por alguns instantes.

— Então, está bem. Espero que ele fique bom logo.

— Eu também — digo isso e meus olhos se enchem de lágrimas, até falando com ele, meu horroroso patrão. — Agora tenho de desligar — digo isso depressa, caso contrário começo a soluçar no telefone.

— Dê notícias, hein? Tchau! — agora é ele que fala apressado, evitando prolongar o assunto.

— Tchau! — digo e desligo.

Seria bom ter alguém aqui, nem que fosse a pior pessoa do mundo. Só para deitar a cabeça em seu ombro e chorar por alguns minutos. Até o Osvaldo serviria nessa hora.

Dê tudo a ele. As fotos, a matéria, o emprego. Dê tudo a ele, mas me deixe o Luca. Não quero ver mais ninguém, nem trabalhar, andar, respirar. Esse trabalho que eu achava a coisa mais importante do mundo, agora é como se fosse de outra pessoa. Como se o Osvaldo estivesse falando de um velho conhecido meu.

Ele está ali com o respirador e eu aqui, um nada agora. Não sou mais fotógrafa, aspirante a jornalista, nem mesmo filha, irmã, nada. Ah, como eu gostaria que você acordasse agora. Mesmo sem dizer nada, queria ao menos ver seus olhos. Depois gostaria de te ver sorrindo, mesmo que não conseguisse falar ainda.

O que será que ele falaria primeiro? Talvez me dissesse: "Dinda é minha filha, quero apresentá-la a você". Em seguida, você começaria a falar e iríamos encontrá-la juntos e você seria mais feliz. Em dois minutos me convenceria a levá-la para Roma conosco, brincaria com ela o tempo todo, e a levaria à escola.

Então, aquilo que você sempre quis, uma filha, de repente se materializou, sem dor, partos, sem fraldas para trocar. Será o pai mais feliz do mundo. Verei em seus olhos aquele brilho de quem está feliz e orgulhoso, que eu não vejo faz tempo. Nada o deixaria mais feliz. Nem os picos escalados nem as trilhas percorridas nas montanhas te deixariam mais orgulhoso que essa criatura.

Que bela criança, forte, espirituosa, alegre você gerou. Tudo aquilo que você mais quis e que eu não soube te dar. Você sempre teve razão, meu amor. O que é o trabalho, a carreira, todas essas inúteis lutas com os homens pelo mundo afora? A vida é feita dessas coisas pequenas e naturais, como uma criança recém-nascida chupando o dedo.

Nessa hora é que se sente de fato ter feito alguma coisa, alguma coisa importante de verdade.

Eu sempre te deixei angustiado, te pressionando para que arrumasse um emprego, dinheiro. Agora sou eu quem perdeu a vontade de continuar com esse emprego de fotógrafa dos diabos, de voltar para aquela redação. Nunca mais quero tirar uma foto na vida. Ou então fazer isso só por prazer e não por dinheiro. Quero fotografar você, a Dinda, nossos filhos que virão.

Você tem razão, a vida é uma coisa bem diferente dessa história de ganhar e vencer. Quero ser como você. Ou melhor, quero entrar dentro de você e me transformar aí.

Tenho de chamar sua irmã, mas agora não consigo parar e digitar o teclado do seu celular. Me perdoe.

Não consigo desgrudar o rosto desse vidro, vendo você em seu leito. Ao seu lado estão outras pessoas inconscientes e me vem à cabeça de repente que, pelo menos, nesse estado, não se sente dor. E talvez isso possa ser bom por enquanto, e isso me consola um pouco.

Mas, te peço, acorde. Nunca fui de ter fé, mas se você despertar, viro crente para sempre. Levarei grupos de estudantes para a missa de domingo. Escreverei sobre Deus em todos os jornais, até no *Modern Men*. Irei até Lourdes tirar fotos.

Deus, por favor, faça-o voltar à vida e desperte-o. Errei por não acreditar em Você até agora. Por escutar meus pais ateus e hippies. Como pude acreditar que tudo pudesse ficar nas mãos dos seres humanos? Com todas as confusões que aprontamos a cada minuto, o mundo seria um grande bordel.

Deus tem de existir, claro. Para nos restituir a tranqüilidade com os Seus milagres. E Lhe peço, por favor, faz um só pra mim. Não Lhe pedirei mais nada, juro, mas acorde-o.

Quem sabe nesse momento você esteja sentindo a mesma coisa que experimentou quando estava na barriga de sua mãe. Não tinha consciência, mas já vivia. Depois nasceu e respirou, viveu, amou.

Você perdeu a família muito cedo. O pouco que restou dela está longe, em outro país. Você agarrou-se a mim como uma ostra às pedras. Suas origens eram nórdicas, silenciosas, distantes. Mas você, ao contrário, escolheu uma napolitana escandalosa para viver seu aqui e agora.

Você agarrou-se a mim para reencontrar um pouco de calor humano e eu te dei, ainda que distraidamente, meio sem querer, sempre ocupada, fotografando com a minha Nikon onde quer que eu estivesse.

As minhas origens foram suficientes para nos aquecer. Os gritos, o enredo da minha família introjetaram-se em mim sem que eu quisesse; eu o digeri e o transformei em alguma coisa menos violenta mas sempre exagerada, melodramática, ruidosa.

Mas você gostava disso. Cresceu em meio ao silêncio e fez de mim um porto, onde tudo não só era dito como era berrado, exagerado, dramatizado. Você gostava muito dessa barulheira. Era expressão minha e sua ao mesmo tempo. Eu te amplifiquei. A tua voz se confundiu com a minha e eu falei, gritei pelos dois.

Só agora percebo, grudada no vidro, que minha voz quase desapareceu. Não falei com Mila, e muito pouco com o doutor. Sem tua voz ao meu lado, a minha voz não tem vontade de sair. Estava habituada a navegar junto com a sua.

— Preste atenção que à noite se deve sair da ala —, disse-me sem que eu esperasse o enfermeiro curioso, ao passar do meu lado. Indica-me com o olhar a porta, querendo me dizer que aquela é a saída e que é melhor que eu vá agora.

Eu acordo, dirijo por um instante o olhar em direção a Luca e ao meu coração. Agora tenho certeza de que são a mesma coisa.

— Ouça —, procuro detê-lo, mas ele continua andando.

Acho que estou falando, mas minha voz está tão fraca que parece um sopro encerrado dentro de mim. Não sai nada da minha boca, por isso ele não pára.

— Ouça, por favor —, falo, com um pouco mais de coragem.

Finalmente vira-se. Agora tenho de encontrar forças para formular uma pergunta, de cabo a rabo.

— Você poderia me dar o número do celular de quem vai ficar cuidando dele até amanhã de manhã?

— É proibido falar em particular com médicos e enfermeiros. Mas pode ligar para a telefonista —, diz ele, enquanto apaga as luzes.

Só agora me dou conta que quase não há mais enfermeiros por aqui e que já são quase sete horas da noite. Está apagando todas as luzes do corredor, já que os doentes não precisam delas. Está me esperando com a porta semi-aberta, sem nem mesmo olhar pra mim. Percebo que está cansado, que não quer falar, e sobretudo que quer ir embora o mais breve possível. Dou uma última espiada em meu amor, deitado lá dentro em seu leito.

Fica mais difícil reconhecê-lo no escuro, sorte que tem aquele curativo na cabeça. Digo-lhe adeus mentalmente, até amanhã, meu amor.

Corro atrás do enfermeiro que já está fechando a porta, como querendo dizer, passa logo senão você vai ficar presa aí dentro.

— Podemos entrar amanhã ao meio-dia e ficar ali, do outro lado da janela, não? — pergunto a ele, com o pouco de ar que tinha ficado em minha garganta.

— Sim, do meio-dia a uma e meia. Depois até às sete da noite pode ficar deste lado de cá, como você ficou hoje. Daqui a alguns dias você vai ver como estará cansada de ficar assim, em pé, horas, e não virá mais aqui nem mesmo nos horários de visita —, diz o tipo, fechando à chave a porta com os dizeres CENTRO DE REANIMAÇÃO no alto.

— Temos nove pacientes e há meses não vemos nenhum parente —, me diz ainda, antes de desaparecer.

Permaneço um pouco no corredor e acredito nele, pois não vejo nenhum parente por perto. Quem sabe se ao vê-los dormir, imóveis, pensem que não tenham necessidade de ser confortados. É isso. O nada é sempre mais reconfortante que a dor. Contudo, nunca sabemos como nos comportar diante do nada.

Antes de ir embora do hospital paro um pouco na recepção e pergunto à atendente mais uma vez sobre aquela garota. Bufando, dá uma olhada nos registros e lê os dados.

— Sim, olha aqui, Mila Santamaria, mora em San Loreto, na rua do Poço, 14. Mas o número do telefone eu não posso lhe dar, a lei do sigilo não permite.

— Sim, claro, de qualquer forma eu não pediria isso a você. Até logo —, digo isso tentando dar uma espiada no formulário.

Entro de novo no carro e penso que mesmo que tivessem me dado o número do seu telefone, com que cara eu iria ligar para ela. São só sete horas mas já está quase tudo escuro por aqui. Luca me dizia sempre que perto das montanhas o sol desaparece mais cedo.

Mas se eu telefonasse, o que diria para ela?

Oi, Mila, sou a mulher dele, mas foi você quem teve uma filha com ele. Agora Luca está num respirador e nós podemos falar sobre ele, de quando ele era jovem, se você tiver um tempinho para conversar.

Provavelmente ela me concederia algumas horas mas depois tocaria sua vida. Que coisa eu poderia perguntar-lhe a respeito de Luca que já não esteja gravado no meu coração? Vivemos grudados um no outro por dez anos, o que não saberia sobre ele? E depois não acredito que ela gostaria de fato de saber mais sobre ele. Tenho certeza de que ela tem um pouco de culpa pela queda de Luca. Imagino o quanto ele tenha ficado perturbado com a notícia de que tinha uma filha. Podia pelo menos esperar que voltasse da escalada para dizer isso a ele, droga.

■ ■ ■

Principalmente nos últimos tempos, em que não podia ver uma criança na rua, que ele parava para olhá-la. E eu via nisso um sinal de fraqueza. Eu pensava: "olha isso", "nem consegue mais pensar nele mesmo", "encontrar um trabalho", "imagina que desastre seria como pai". Quer resolver seus problemas existenciais neste mundo com outra existência, que não a sua.

Que estúpida, que idiota eu fui em pensar essas coisas. Se eu tivesse tido um filho, teria agora um pedaço dele ao meu lado.

Mas em vez disso...

Quem sabe seja por isso que as pessoas tenham filhos quando estão apaixonadas. No caso de acontecer algum acidente entre os dois, pelo menos as crianças guardam um pouco daquele amor, vivo, a seu lado.

A certa altura ele chegou a me propor a adoção, já que eu não tinha tempo de ter um filho. Quando foi à África escalar o Ruwenzori, além de todas as crianças desnutridas e aidéticas que encontrou, ficou perturbado por causa de uma garota de doze anos que um chefe local pôs à sua disposição para passar a noite. "Ela vai dormir na entrada da sua tenda, se tiver vontade durante à noite, diga o nome dela e ela estará pronta para servi-lo", disse-lhe em um inglês sofrível, acreditando ser cordial.

Naturalmente Luca não só não chamou a menina, como tampouco conseguiu pregar os olhos à noite toda. Ficou imaginando a história daquela criança, quantos homens já tinham abusado dela.

Quando ele me contou essa história, seus olhos encheram-se de lágrimas e me disse que não conseguia suportar a idéia de que havia crianças obrigadas a viver assim neste mundo, sem família, escrava já aos doze anos.

Tenho certeza de que ele, quando viu Dinda, por um momento pensou naquela menina africana, sem pai, sem família, abandonada. Sentiu vontade de morrer, imagino. Só de pensar que Dinda tenha passado a infância órfã de pai deve tê-lo mortificado. Acho também que tenha casado comigo porque viu em mim a menina abandonada que eu era e que carrego dentro de mim.

Continuo a procurar um albergue nesta cidade, que é metade cidade, metade vila, e lembro de quando Luca me pediu em casamento. Fui pega de surpresa. Estávamos num restaurante chinês e eu chorava porque A Mãe tinha tentado se suicidar mais uma vez, enquanto meu pai havia me empurrado umas dívidas para eu pagar.

Por que justo eu fui ter uma família assim? Por que só em nossa casa havia brigas e não se comemorava nunca o Natal e os aniversários?

Para mim, foi essa imagem de uma criança sem família que fez Luca sentir vontade de casar-se comigo e me dar uma família.

Ele me pediu em casamento e eu desandei a chorar. Mas não eram mais lágrimas de dor. Em vez de as torneirinhas se fecharem com seu pedido de casamento, elas se abriram mais ainda. Mas eram de alegria.

Desde que eu o encontrei, passei a chorar aos cântaros. Pus para fora todas as lágrimas que antes não me deixavam chorar. Tinha de me defender daqueles loucos lá de casa, dos editores dos jornais ainda mais cruéis do que meus familiares, os mais cruéis do mundo.

Em geral, ninguém tinha paciência para me consolar. Então, de que adiantava chorar? Só com Luca comecei a chorar de verdade. Todas as lágrimas que eu havia contido desde criança, jorrei em cima dele. Molhei todos os seus pijamas e malhas de lã, chorando a noite inteira, tentando virar mulher.

Ele aprendeu a dormir comigo chorando a seu lado por horas. Ele me acariciava mecanicamente e tinha uma penca de frases padrão para me acalmar, que conseguia me dizer quase dormindo. Ele as repetia como uma ladainha: "Não pensa mais nisso", "Deixa disso", "Você vai ver, com o tempo as coisas se ajustam", "Amanhã, você vai esquecer tudo isso" etc. etc.

Eu continuava a morder o travesseiro, mas saber que ele estava ali e que eu podia ensopar os seus ombros era um grande alívio. Minha irmã ficava muito preocupada. Dizia que eu devia deixá-lo porque eu só chorava quando estava ao lado dele. Eu nem me dava ao trabalho de lhe explicar o grande alívio que era para mim poder finalmente botar tudo isso para fora.

Os anos passam e nos tornamos apenas os fantasmas de nós mesmos, sempre fazendo aquilo que os outros esperam de nós. Guardamos dentro de nós lágrimas e sorrisos apenas para não incomodar, ou então porque ninguém nos daria bola se botássemos tudo pra fora.

Minha irmã nunca mais me viu chorar, porque com uma mãe que tenta te jogar pela janela a cada cinco minutos não era prudente ficar soluçando pelos cantos. Mas depois, por não chorar mais, anos de angústia e dor ficaram acumulados dentro de mim. Ficaram em estado de ebulição prestes a explodir, a ponto de transbordar na forma de suor, que chegava a deixar meus cabelos molhados.

Então apareceu Luca, que deu vazão a tudo isso. Quando ficamos juntos, agonizei meses a fio. A agonia submersa de uma criança esquecida durante anos dentro de seu próprio corpo. Esquecida até por mim mesma.

Também dessa vez, no restaurante chinês, eu chorava sem parar, assoando o nariz na toalha da mesa. Quando levantei, ele me disse: "Acho que chegou a hora de a gente casar", naquele momento não fazia idéia do que era o casamento. Que relação poderia existir entre aqueles tresloucados dos meus procriadores com a candura de um vestido branco de noiva. Mas ele me explicou.

Ele viu a criança doente encerrada dentro de mim e não suportava mais vê-la no escuro, sozinha, sem ninguém em quem confiar. Ele a imaginava como um pequeno rato que acabara de escapar das garras de um gato e que, apavorado, se recusa a sair de seu esconderijo, ficando ali, a morrer de fome. E eu, sentindo-me comparada a um rato, comecei a chorar com mais força ainda. Apanhei a barra da toalha para enxugar meu rosto.

Aquela proposta de casamento era como se minha mãe e meu pai e todas as pessoas queridas finalmente tivessem aberto os braços para mim e me apanhado no colo, dizendo-me: "Não se preocupe, nós também estamos aqui". Porque, pedindo-me em casamento e para confiar nele, Luca havia se transformado em todas as pessoas que eu gostaria que tivessem cuidado de mim no passado. Sua proposta de casamento foi de toda a minha família, e também a casa de minha infância, e também aquela em que ficaria quando crescesse, um lugar onde poderia finalmente descansar, onde pudesse voltar a ver o mundo em vez de deixar-me devorar.

Eu deveria ter ficado no hospital. Podia ter me acomodado em uma poltrona da sala de espera ou juntar umas cadeiras, umas em frente às outras, e me ajeitar no meio delas. Talvez conseguisse dormir pensando em Luca, ali, perto de mim. E também poderia me levantar de vez em quando e perguntar algo às enfermeiras.

Estaria presente caso ele movesse um pé, as mãos, talvez o dedo mindinho ou um supercílio que fosse. Quem sabe enquanto eu pensasse em você, você estivesse pensando em nós dois também, em nossa história. Quem sabe estivesse pensando que havia deixado sozinha novamente aquela criança que havia dentro de mim.

No escuro, vejo sem querer uma placa para San Loreto.

San Loreto, a cidade de Mila. E também da menina. Antes de me decidir, o volante já guiara o carro sozinho para a direita. Como se não tivesse recebido a ordem nem da minha cabeça, nem dos meus braços, mas sim daquela placa. Viro sem pensar um segundo sequer. Depois, em San Loreto deve ter um hotel, uma pousada, um alberguezinho. São só oito quilômetros, uns dez minutos até lá. E caso não tenha nada, posso voltar.

Quero ver onde ele caiu. Onde o encontraram. Tomara que alguém possa me explicar melhor o que aconteceu. Isso me ajudará a parar de chorar.

Sabe-se lá quantas vezes Luca terá dirigido nessa estrada cheia de curvas vindo de Roma. Esta manhã deve ter passado a uns cento e quarenta quilômetros por hora, do jeito que estava aborrecido. Só meus gritos já devem ter feito um escarcéu na sua cabeça, e mais a história da filha, seu cérebro devia estar um verdadeiro pandemônio. Deve ter sido terrível.

Se não tivéssemos brigado, teria me ligado para me falar da Dinda. Eu poderia tê-lo consolado, acalmá-lo e quem sabe, então, não tivesse caído. Embora eu nunca tenha conseguido consolá-lo de verdade.

Eu podia ficar horas chorando em seus ombros, mas ele mal podia reclamar de uma dor de cabeça que eu já lhe dizia de cara que não era nada. Tenho certeza de que foi por isso que ele não me chamou. Não podia contar comigo, é por isso que ficou na dele. Sou mesmo uma estúpida. Muito estúpida, uma tremenda de uma egoísta.

Eis a vila. Seu nome está numa placa à direita. Há uma pontezinha agarrada a um abismo e, do lado oposto, as casas.

O centro da vila parece estar todo deste lado. Há uma espécie de coreto que não é uma praça de verdade. É possível reconhecer as lojinhas pelas portas de ferro, já fechadas. O único lugar aberto é um café.

De um lado, o correio, a igreja, a prefeitura; do outro lado do riozinho, as casas. Ao redor de tudo, montanhas altíssimas. Embora esteja escuro, é possível enxergar bem porque elas estão cobertas de neve, e esta é quase fosforescente.

Quantas vezes Luca não terá chegado aqui à noite. Quem sabe para encontrar Mila. Quantos anos devia ter quando se encontravam, se beijavam, se atracavam em busca de prazer pela primeira vez. Dezoito, dezenove anos. Transaram como transam os jovens, um pouco embaraçados, nervosos, apressados. Vai saber quantas vezes, para que ela ficasse grávida. Deve ter sido fácil, porque tenho certeza de que não usavam nada. Também nesse aspecto ela era diferente de mim. Eu jamais permitiria que ele entrasse em mim sem camisinha. Ele bem que tentava, mas eu não deixava.

Luca, no seu diário, escreveu que não era apaixonado por ela, mas tenho certeza de que transou com ela muitas vezes, quem sabe até há pouco tempo. Talvez nunca tenham parado desde que Mila ficou grávida dele. Tenho certeza de que ela fazia todas aquelas coisas com a boca que não dão nenhum prazer para a mulher mas muito aos homens. Tem cara de esperta, de rodada, de quem ensinou tudo a ele. Ou então ele teria voltado com freqüência nesses últimos anos justamente para experimentar tudo isso de novo com ela.

Certamente é melhor do que eu na cama. Mas isso é pouco. Sou uma preguiçosa. Luca sempre tinha de tomar a iniciativa. Com Mila, ao contrário, tenho certeza de que não devia mover um dedo. Deve tê-lo seduzido com incensos e essências perfumadas, ela tem cara de quem faz isso, aquela riponga.

■   ■   ■

Ah, Deus, a moto! É ela, o tanque cor de laranja é inconfundível. Yamaha 750 com tanque laranja, quantas dessas devem existir em San Loreto? Nunca vi uma igual nem em Roma, imagine nessa cidadezinha. Não posso acreditar.

Estaciono o carro ao lado dela e precipito-me em sua direção. Quero vê-la de perto, sem tocá-la. É ela mesmo. Deve ter estacionado aqui assim que chegou. Está presa pela roda de trás, como sempre. Está meio escuro, mas vejo suas mãos abrirem o bagageiro com a chavinha vermelha. Enfiar dentro dele as coisas que não vai usar, o capacete, as luvas de motoqueiro. Se eu conseguisse abri-lo encontraria por um instante os seus dedos ali dentro.

Vejo-o agachar-se e trancar a corrente. Em seguida, suspirar longamente e se pôr em pé novamente. Era o que sempre fazia quando chegava perto de uma montanha. Respirava fundo, fazendo bastante barulho. Como os bichos que farejam para reconhecer o terreno e as próprias pegadas. Era a sua maneira de dizer àquelas rochas: "Eis-me aqui, cheguei, daqui a pouco serão minhas. Tocarei em vocês com meus pés e com as mãos uma a uma, até lá em cima".

Logo que via uma montanha, ou uma parede rochosa que fosse, um sorriso despontava em seus lábios. Não ouvia mais nada, não via mais ninguém. Ia em frente com sua mochila nas costas. As vozes dos outros ficavam distantes, viravam um assobio do vento, batidas de asas.

Esta manhã deve ter parado primeiro na loja dela antes de subir. Foi quando ela contou para ele. Ou quem sabe tenha confessado depois da enésima trepadinha atrás das estantes. Daquelas que costumava dar toda vez antes de uma escalada.

Ele deve ter entrado ali fingindo querer comprar uma barra de cereais ou um gancho novo em que se pendurar. E ela, sem dizer nada, deve tê-lo empurrado para o fundo da loja. Olharam-se nos olhos sem trocarem uma palavra. É assim que acontece quando se sente tesão sem paixão. Devem ter feito tudo em poucos minutos, como dois esfomeados.

Quero ver onde transaram esta manhã, onde fizeram isso todos esses anos sem que eu soubesse de nada. Mas onde fica a sua loja? O bar, o correio, aquilo deve ser uma quitanda, por causa das caixas de madeira do lado de fora da porta. De repente vejo um poço e de fato estou chegando perto quando leio RUA DO POÇO. Como me haviam falado na recepção do hospital.

Ei-la, agora leio também o nome da loja, PAREDÃO. Aqui embaixo está tudo fechado, mas vejo uma luz acesa lá em cima. Quem sabe não são elas? É muito comum nesses lugares as pessoas morarem em cima de suas lojas.

E uma coisa é certa: nem sombra de hotéis, pousadas ou albergues abertos. Olho em volta e vejo pouquíssimas luzes acesas, a maioria de televisões ligadas. Ainda chove e o bar está fechando. Já está tudo escuro, poderia ficar esperando algumas horas no carro, e a aurora não demoraria muito para aparecer. Pela manhã poderia falar um pouco com ela e depois voltaria rápido para o hospital.

Entro no carro e fecho todos os vidros. Ligo o motor e o ar quente no máximo. Tiro meu casaco e o coloco em cima de mim, como um cobertor. Não estou com vontade de procurar um lugar para dormir. Tampouco falar com alguém agora. Muito melhor passar a noite aqui dentro. Sempre gostei do meu carrinho. Muitas vezes me fecho dentro dele para ficar pensando. E depois, posso ler com calma todas as páginas do diário dele. Chegar até o fim, até à última palavra.

Acabo de brigar com Tullia. Acontece poucas vezes, mas quando acontece são muito violentas. Não consigo entender para onde estamos indo. Só sei que sinto cada vez mais vontade de me refugiar aqui, na montanha.

Às vezes tenho vontade de me separar dela, de deixar tudo e ficar aqui em cima, entre as nuvens, para sempre. Só este silêncio é capaz de me acalmar e me fazer escutar a mim mesmo. Os outros me distraem. Incluindo Tullia, que, com sua dor, me engole. Aqui relaxo por dentro, não tenho vontade de sair daqui.

Lá embaixo, ao contrário, a gente sofre mais, mas nem parece. Quem sabe estejamos tão habituados a sofrer que nem nos lamentamos mais.

Acordo bem cedo, com a sensação de não ter dormido. Todos os vidros ficaram embaçados por causa do calor e de minha respiração, e não se vê nadinha lá fora. Parece que só dei uma cochilada, mas vejo no relógio que não, que já são seis e meia da manhã.

Dou uma ajeitada nos cabelos, não quero que Mila me veja desarrumada. Tomara que não me tome por louca e que responda às minhas perguntas. Quero saber tudo o que aconteceu ontem de manhã, tintim por tintim.

Quem sabe, além dela eu encontre outro amigo de Luca, um companheiro de escalada para quem pode ter falado alguma coisa sobre mim. Conheci alguns desses seus amigos alpinistas. São todos muito enigmáticos. Nunca falam, amam o silêncio. E de fato é impossível falar muito porque essas expedições são extenuantes. No máximo, passando as cordas durante a subida uns para os outros, murmuram seus próprios segredos entre si. Como acontece com as pessoas que sofrem juntas, com os militares durante uma batalha, os desabrigados num acampamento, os presos na hora do banho de sol. É mais fácil abrir o coração com as pessoas com as quais se compartilha um sofrimento qualquer. É como se o esforço, a dor, fizessem com que parássemos de pensar e de nos defender por uns instantes.

Providencial aquela fontezinha. A água está gelada, mas pelo menos me ajuda a despertar. Um cappuccino também não cairia mal antes de ir falar com ela.

Quem sabe esteja apaixonada ainda por ele, se alguma vez já esteve. Concordo que seja difícil ir para a cama com Luca e não ficar doida por ele. Os seus cabelos loiros e encaracolados parecem feitos para colocarmos os dedos. Seus olhos verdes são como faróis limpos e infinitos, tornam tudo em volta deles mais cândido. É só olhar para eles para perceber que sua viagem na direção deles não acabará nunca.

O primeiro passo tem de ser dado por elas, não tenho dúvida disso. As mulheres sempre correram atrás do Luca. Nunca teve de fazer o menor esforço para conquistá-las. Foi o que aconteceu comigo. Fiquei no seu pé o tempo todo em uma festa de aniversário. Brincavam daquele jogo estúpido da garrafa*, e eu me juntara ao grupo só porque torcia para que a boca da garrafa apontasse na direção dele.

Rezava para isso, porque assim seria obrigada a beijá-lo de acordo com as regras do jogo, sem que eu precisasse tomar a iniciativa, pois geralmente nesse campo da sedução, minhas ações eram patéticas. Logo que senti o seu cheiro me veio uma vontade repentina de agarrá-lo com força, com os dois braços, sem nem mesmo conhecê-lo.

Mas a garrafa sempre parava na direção de alguém que não me dava vontade de beijar. Mais tarde, quando finalmente consegui acertar o alvo, Luca levantou-se para beber alguma coisa. Saí então atrás dele, engatinhando, e consegui pelo menos beijar uma de suas pernas. Olhou surpreso para mim. Não tinha percebido e eu continuava, agora beijando-lhe a barriga da perna. Fiquei muitíssimo envergonhada e fingi que estava tirando o pó de suas calças.

Ele me agradeceu e me convidou para beber algo. Felicíssima, passei de quadrúpede a bípede, em um segundo. Não lhe disse que aquela historia de pó era mentira. Até hoje, quando me lembro disso, me sinto um pouco ridícula por ter seguido, de quatro, um desconhecido e beijado a sua perna.

---

* Equivale ao nosso antigo beijo-abraço-aperto de mão, só que jogado de acordo com a rotação da garrafa. (N. do T.)

O café foi o primeiro a abrir. Enquanto levantava a porta de ferro, chegavam os primeiros moradores do lugar, esfregando as mãos por causa do frio.

— Um cappuccino, por favor —, peço à barista sardenta que estava atrás do balcão.

— Soube do que aconteceu ontem? — começa a falar um tipo com um boné na cabeça, bebericando um café com gin.

— Do romano que caiu lá embaixo? — responde a barista, colocando espuma de leite na xícara de café.

— Foi a Fúcsia que o encontrou.

— Desculpem-me —, falo, interrompendo-os. — Vocês estão falando do alpinista que caiu ontem, não é?

— Sim, é dele mesmo. Você o conhece?

— Bem, na verdade sou sua mulher.

— Ó pobrezinha, eu lamento muito —, diz a mulher, oferecendo-me gentilmente o cappuccino, que agora perdi a vontade de beber.

— Bem, eu queria saber mais sobre o que aconteceu. No hospital me disseram muito pouco.

— Ah, eu me lembro do seu marido —, se mete na conversa um senhor ruivo que estava num canto folheando um jornal. — Faz tempo que ele vem aqui escalar. Uma vez me fez provar uma daquelas bebidas coloridas energéticas. Que não tem por aqui. Em troca, lhe dei uma boa garrafa de vinho de San Loreto —, disse ele, largando o jornal e aproximando-se de mim.

Lembro daquele vinho dentro de uma garrafa plástica de água mineral. Tão ácido que fazíamos vinagre com ele.

— Foi a cadela que o encontrou primeiro — disse o outro, que sorvia o café com gin.

— Seu nome é Fúcsia, por causa da ferida rosa-choque que tem numa das pernas, está em carne viva até hoje —, disse a barista.

— Um urso quis pegar seus filhotes faz alguns anos e ela o perseguiu e acabou sendo mordida. Voltou toda ensangüentada —, acrescenta ainda o senhor ruivo.

— Ontem de manhã ela estava irritada. Pegou uma mochila que tentava abrir na base da mordida, pois sabia que havia comida ali dentro —, disse o outro, acabando de tomar seu café com gin.

— Enquanto tentava abri-la, de repente chegou um bando de vira-latas querendo tirá-la dela. Vi que mordiam-lhe as costas, um deles parecia um lobo. Quando a arrancaram dela, Fúcsia ficou uma fera —, completou a barista.

— É porque sentia o cheiro do salame. Não queria perdê-lo para os outros cães e então eu entrei no meio e com um porrete expulsei todos eles dali. Abri a mochila e dava pra ver que era de um esquiador ou de um alpinista. Tudo comida fresca, salame, pão ainda crocante, coisa da cidade. Depois de toda aquela batalha, dei-lhe a comida, pelo menos —, disse o ruivo, falando desses cães sobre os quais não tenho o menor interesse, quero saber o que houve com Luca.

Depois tira a mochila estropiada de uma bolsa. Dou uma espiada nela e a reconheço. É a dele. Acho que vou desmaiar.

— De todo modo, Mila já tinha percebido que ele desaparecera, já tinha chamado fazia um bom tempo o helicóptero da polícia —, falou ainda a barista.

— Mas que Mila o quê! Essa é uma maluca! Eu chamei o helicóptero quando vi a mochila —, disse ainda o peludo ruivo.

— Ah, então vocês dois o chamaram. Ela conhece todos os caras que sobem as montanhas. Sempre passam antes em sua loja —, disse a barista. — E dois anos atrás também deu alarme, quando sentiu a falta de outro alpinista.

— Sim, mas aquele só tinha se perdido e o encontraram são e salvo em cima de uma rocha —, falou o outro, o de boné, percebendo que havia cometido uma gafe por causa de mim.

— Mas essa, a Mila, está sempre bêbada ou drogada, por isso quando ela fala algo ninguém presta muita atenção, não sei se estão me entendendo —, acrescentou a barista, mudando de assunto.

— De todo modo, o helicóptero chegou perto do meio-dia —, disse o homem de boné.

— Encontraram-no ao pé da Garganta do Lobo, deve ter escorregado uns vinte metros, coitado —, disse ainda o ruivo.

— A clareira era tão pequena, no meio de toda aquela mata, que o helicóptero não conseguia aterrissar. Um policial teve de descer até lá amarrado —, completa o homem de boné, que a essa altura fala praticamente só com o ruivo.

— É, não deve ter sido nada fácil. A espinha dorsal do acidentado tem de ser imobilizada, por isso têm de descer com uma maca —, explicou o ruivo, com ar doutoral.

— Estava perto do bebedouro, aquele das ovelhas.

— Quem sabe, se tivessem chegado antes —, diz o do boné ao ruivo, e eu sinto que vou morrer.

— Pra mim, quando se cai desse jeito, batendo a cabeça, há pouca coisa a fazer. Chegar antes ou depois não muda muito —, retruca o ruivo, numa conversa particular na qual não me meto mais.

— O que lhe disseram no hospital? — me pergunta de repente a barista, lembrando-se de que estou ali.

— O quê? — digo, como que despertando de um pesadelo, e me vem uma ânsia de vômito, ao pensar em sua cabeça ensangüentada. — Ãã... me disseram que ele está em coma... que por enquanto não se pode fazer nada... que poderia acordar ou ficar desacordado...

— Chega, não lhe perguntem mais nada, venha, sente-se aqui, você está pálida. Stelvio, desgraçado, viu o que fez? — diz a barista ao ruivo.

— Mas não é você que queria saber mais sobre o acidente? — me pergunta ele, defendendo-se.

— Sim, sim, foi... —, balbucio, mas por dentro sinto-me muito distante, como se eu é que tivesse caído naquela garganta.

— Por que não come um brioche bem quentinho? É por conta da casa —, procura me consolar a barista.

— Não, obrigado, já estou melhor. Vou embora agora. Quero falar com Mila —, digo isso a todos e me afasto.

— Mas aquela lá só desperta para a vida depois das onze horas —, me diz Stelvio, sentando-se novamente para ler o seu jornal.

— Ela é uma irresponsável. Assumiu a loja do pai depois que ele morreu há alguns anos, e a está levando pro buraco —, disse a barista, servindo-me o brioche que eu havia recusado. — Tirou a filha da escola, coitadinha, e vai transformá-la numa maluca, pior do que ela —, completou.

— Com todos aqueles traficantes circulando naquela loja —, diz o homem de boné, servindo-se de mais outra dose de gin na taça de café vazia.

— Muito estranho, o pessoal que freqüenta sua loja é muito estranho. No lugar dela, já tinha me mandado daqui —, diz o ruivo, enquanto folheia seu jornal.

Eu, no entanto, me sinto muito mal e só quero sair dali, agora. Pego a mochila estropiada de suas mãos e saio sem nem mesmo me despedir. Eles entendem e permanecem calados. A barista ainda vem ao meu encontro e me entrega algo embrulhado num guardanapo de papel.

— Para mais tarde — me diz, colocando-o em minha bolsa.

E eu deduzo, pelo cheiro, que seja o brioche.

O dia está muito frio, mas alguns corajosos raios de sol se infiltram no meio das nuvens carregadas e escuras. Quero falar com Mila e voltar logo para o hospital. Não tenho a menor vontade de retornar a Roma. De voltar a trabalhar.

Como farei para fotografar um mundo no qual Luca não vai estar mais? Sem ele, ficarei órfã novamente. Voltarei a ser a desconfiada que era. Fechada, sem querer me comunicar com ninguém. Sem o Luca, desaparecerá aquele pouco de confiança no mundo que eu havia recuperado sabe-se lá como.

A cidade começa a despertar.

Fiz muito pouco por ele; não entendi que ele era a coisa mais importante da minha vida. Se eu pudesse voltar atrás, ficaria em casa embalando-o no meu colo. Deixaria crescer na minha barriga um filhotinho igual a ele para prolongar o nosso amor para sempre.

Talvez os filhos sejam isso, a testemunha do amor que um dia transitou por aqui. A sua presença faz com que nos lembremos desse amor. Mais tarde transmitem-no aos seus filhos. Como um mensageiro da Antiguidade.

Uma espécie de luta desesperada contra o cinismo dos homens. Um vislumbre de esperança, um novo ser humano que talvez venha a ser diferente, que com o seu entusiasmo poderá influenciar os homens e mudar alguma coisa.

Passamos de geração em geração essa chama que é o calor que duas pessoas compartilharam esperando que se renove um dia, na forma de outras chamazinhas.

E de repente vejo Dinda. Saiu de um portãozinho ao lado da loja e caminhou em direção a uma cerca de grades verde-escuras um pouco antes da ponte, onde entrava um bando de garotinhos. Vinham falando entre si, mas ela não, estava sozinha, distraída, altiva, diferente dos demais. Calça sapatilhas e leva um fone de discman no ouvido. Olha para os outros meio de cima, os quais não ousam dirigir-lhe a palavra. No pescoço, o mesmo comprido colar de pérolas falsas que usava ontem.

Atravessa a cerca assim como os demais. Poucos segundos depois, toca um sinal e todos são sugados para dentro de um prédio. Acelero os passos e espio, mas um bedel me fecha a porta na cara. Deve ser um ginásio, pela idade das crianças que entraram. Dou a volta acompanhando as grades e chego à parte de trás, onde há uma espécie de pátio.

Agora que vejo melhor o prédio, ele parece mais um quartel que uma escola, por causa do triste aspecto que tem. Um grupo de vinte garotos faz ginástica num canto. Uns conversam; outros, já cansados, jogam as mochilas no chão. O professor apita e eles começam a correr em círculos, mecanicamente. Parece que fazem isso há muito tempo.

Ela, não. Está sentada, separada deles. Agora que vejo melhor, percebo que é a única que não está vestida com roupa de ginástica. Olho para ela através das grades e reconheço Luca. Vejo-o nos cabelos loiros e encaracolados, nos olhos grandes e translúcidos. Tenho certeza de que são verdes como os do pai.

Tudo parece lhe entediar. E até nisso percebo como é parecida com ele. O professor nem tenta motivá-la, parece conformado com a situação. Carrega o discman na cintura como no hospital e balança a cabeça no ritmo da música, repetindo a letra da canção que está escutando, a qual não consigo decifrar. Gostaria de saber o que está ouvindo. Talvez Frank Sinatra como Luca.

Veste meias cor de vinho furadas de um lado. Um vestido de gente grande, talvez roubado da mãe.

Dinda. Que nome desgraçado. Parece de um cão.

Carrega uma pequena bolsa de pano, meio hippie, com pequenas lantejoulas bordadas em cima. Tira de dentro dela um outro CD e o coloca no aparelho, e, de novo, canta a letra da música que começa a ouvir.

Então, tenho uma idéia. Corro até o carro para pegar a máquina fotográfica e me precipito de novo em direção à grade da escola e aciono o zoom, usando-o como binóculo. Agora consigo vê-la bem, detalhadamente.

Ela parece odiar a escola e as crianças em volta dela. Às vezes um colega chuta sua perna de propósito, brincando com ela. Dinda solta um suspiro, vira-se, encolhe as pernas. Dá as costas para todo mundo.

Consigo ver suas mãos agora e reconheço também as unhas. São iguais às de Luca, crescem um pouco voltadas para cima, arredondadas, como as dele. Imagino que as dos pés também sejam assim.

Aproveito a chance e tiro fotos de suas mãos e de outras partes de seu corpo. Sinto que daqui a pouco me expulsarão daqui. O professor de ginástica já me viu. Olha para mim irritado e me diz para ir embora só com o olhar.

Em que série ela deve estar? Primeira, segunda? Chutando, ela deve ter entre doze e treze anos.

Tento apanhá-la entre dois garotos que ficam toda hora correndo na sua frente. Quanto mais me concentro em seu corpo, mais corpos de outras crianças disparam na minha frente.

Parece bem mais velha do que eles. Pode dar essa impressão só por causa de suas roupas. Ou talvez porque tenha repetido de ano algumas vezes. Se a mãe é uma relapsa como disseram, não deve tê-la ajudado nunca com as lições e por isso ela pode ter repetido um ano, dois anos... Ou talvez tenha perdido um ano porque tenha mudado de escola.

Ah, se o Luca soubesse disso antes. O quanto ele não teria gostado de ficar ao lado dela, fazendo contas de matemática. Vejo-o numa mesa, sentado há horas, como fez comigo nas vezes que precisei dele. Quando precisava escolher uma foto no meio de uma centena delas. Sentava-se na minha mesa com a lupa e olhava cada imagem e me dizia por que gostava mais de uma do que de outra.

Luca a teria levado à escola e a apanharia todos os dias na mesma hora. Quanto não se orgulharia dela, vendo-a surgir na porta da escola! Lembro-me do olhar orgulhoso que dirigia a mim quando uma foto minha era escolhida para a capa da revista.

Uma filha. Ele queria tanto. E quanto a teria amado, todos os dias de sua vida. Ele a amaria mais do que a mim. Ele a levaria para as montanhas, a suspenderia de repente por uma corda até uma rocha e ficaria fazendo graça para ela até não poder mais. Com ela sim, ele poderia passear, e não com uma napolitana preguiçosa e sedentária como eu.

— Desculpe-me, mas o que a senhora está fotografando? — aparece de repente o professor de ginástica, desfazendo as imagens que eu estava construindo de uma vida que poderia ter acontecido mas que não acontecerá mais.

— Eu? O quê? — balbucio alguma coisa, enquanto enxugo as lágrimas.

— Olha, você não pode ficar aqui de jeito nenhum. Você está procurando alguém? Precisa de alguma coisa?

— Ah, não... nada, obrigada. São para um artigo sobre jovens, que estou escrevendo... para uma revista... obrigada... —, digo, tentando controlar os soluços.

Afasto-me rapidamente, mas percebo que ele ficou ali se perguntando o que eu queria e por que estava chorando do outro lado da cerca.

Corro para o carro. Ficarei aqui imóvel, uma meia hora, espiando-a enquanto minhas lágrimas começam a se cristalizar por causa do frio. Quero falar com Mila e voltar logo para o hospital. Não quero sair de lá. Sinto que lá é minha casa agora. As janelas, os leitos com os comatosos.

O celular toca e a luz do seu monitor ilumina o carro todo. Apanho-o e desligo. Só agora me dou conta que ele tinha ficado aqui desde manhã, quando sai. Vejo que tem oito chamadas não atendidas. Digito as teclas e leio MÃE. Ela deve estar me procurando para me atazanar. O aparelho começa a tocar chamando a atenção dos moradores encapotados que estão do lado de fora do café.

A palavra MÃE continua a pulsar no monitor. É melhor não responder também a esta chamada. Nem à próxima.

As pessoas em volta continuam a olhar. Fingem que não, mas percebo que me ouvem enquanto choro. Estão ainda ali aquele Stelvio e o homem de boné sentados num murinho na companhia de outros dois homens, bem mais velhos. Estão falando de mim sem cerimônia alguma. Devem estar dizendo "coitadinha", "que desgraça", "tão jovem".

A Mãe continua a pulsar e eu não vejo a hora da porcaria dessa loja abrir. Estou quebrada, com uma dor nos quadris, que doem só de tocar neles. Deve ter sido o freio de mão, em cima do qual eu dormi esta noite.

Olho mais uma vez esse negócio brilhando e de repente me vem uma vontade de atender e falar, mesmo sendo A Mãe. Mas pensando bem, se eu contasse para ela sobre o acidente, ela começaria a gritar para me convencer que está arrasada e em poucos minutos eu é quem teria de consolá-la e não o contrário. Como aquela vez que eu fui para o hospital por causa de um cisto no útero. Tinham de chamar alguém da família para me acompanhar. Então a chamaram.

Antes não tivessem feito isso.

Eu ainda estava meio grogue devido à anestesia e ela já estava ali, berrando que meu pai era um imbecil, que ela não o aguentava mais, que queria terminar tudo.

Ó meu Deus, é ela. Ela mesma, Mila. Está saindo da porta ao lado da loja, a mesma pela qual Dinda tinha saído, e agora está abrindo a loja.

Ainda bem que A Mãe desistiu de continuar ligando.

Nossa, como é alta, nem tinha percebido isso antes. Mas tem um ar cansado, desleixado. Está com a mesma roupa, a mesma roupa militar, os mesmos coturnos. Parece que nem lavou o rosto.

Antes de sair me arrumo um pouco. No espelhinho vejo melhor. Tomo cuidado para não borrar os olhos com o rímel. Não quero que ela me veja chorando, mal a conheço. Fecho o carro e corro em direção à loja.

Entro e mais do que uma loja para alpinistas, parece um empório de gêneros alimentícios fechado faz anos: conservas, vários biscoitos, produtos de limpeza, ração para gatos.

No alto, nas estantes, parece que há, enfim, artigos para alpinistas. Tem algumas botas jogadas no chão, picaretas para gelo presas na parede, grampos, barras de cereais, meias grossas com três centímetros de espessura, alguns livros com montanhas cobertas de neve na capa.

Há tanta poeira e parece que as coisas estão jogadas sem nenhuma ordem. A única nota poética é um pequeno sino pendurado em cima da porta.

Observo-a mais de perto e me parece ainda mais descuidada: o rosto mais velho e os dentes mais escuros. Como Luca conseguiu beijá-la? Provavelmente era mais bonita quando jovem.

— Ah, é você! — diz, colocando em ordem alguns documentos.

— Queria falar com você. Li o diário —, digo a ela, indo direto ao ponto.

— Sim, tinha certeza de que você ia aparecer.

— Por que você lhe contou só agora?

— Ouça, lamento que você tenha sabido disso nessas circunstâncias. Mas não é minha culpa se Dinda nasceu — diz, continuando a arrumar suas coisas, como se eu não estivesse presente.

— Mas por que não contou ao Luca antes?

Finalmente levanta a cabeça. Mas percebo por seu olhar que ela não vai responder a minha pergunta. Com uma calculadora, começa a fazer umas contas.

— Ele nem dava bola pra mim. Me disse isso claramente. Tivemos um caso doze anos atrás, antes que eu me mudasse para Roma. Não sou uma daquelas estúpidas que engravidam para segurar um homem. Eu queria um filho e não precisava mais dele.

— Mas o que quer dizer com "não precisava mais dele"? Está louca? Ele tinha o direito de saber! — digo, chegando mais perto dela.

— Ouça, não vamos discutir. Quando fiquei grávida, não sabe quantas vezes tentei falar com ele. Ele nunca me retornava. Fingia que não era com ele. Não pense que eu não sofri. Quando ele uma noite disse que tinha um compromisso, cai no choro. Mas depois comecei a ter um caso com um romano, nos dávamos bem, inclusive ideologicamente.

— E a criança?

— Quando me mudei coloquei Dinda numa escola. Meu pai quis pagar. Dizia que pelo menos ela teria uma boa formação, diferente da minha. Depois, quando ele morreu, tive de voltar para cá, arrumei uma montanha de dívidas e sozinha não conseguia dar conta de tudo. Então, tive de tirar Dinda daquela escola de grã-finos. Eu estava num beco-sem-saída. Quando vi Luca ontem de manhã, não consegui me conter e desabafei. Contei tudo para ele, finalmente.

Para não cair, me apoiei numa estante. Todos esses acontecimentos ao mesmo tempo pareciam um pesadelo. Luca ligado àqueles respiradores, essa aí que viveu com um pedaço dele todos esses anos sem lhe dizer nada. A única notícia boa é que não transaram nesses últimos doze anos, isso se eu puder acreditar nela.

Nem sei o que dizer. Sinto um pouco de pena, mas ela me deixa muito irritada também. Continua a falar como se eu não estivesse ali.

— Quem podia esperar. Não o via há tantos anos. Não tinha mudado nada.

— Depois que você lhe contou sobre Dinda você deve ter notado alguma mudança nele. Talvez ele tenha ficado perturbado com isso, e escorregou.

— Ouça, eu te asseguro que quando entrou aqui ele já estava bastante perturbado. De qualquer maneira não vou ficar aqui com uma pessoa que mal conheço me acusando de sua queda. Você não sabe o que significa cuidar de uma garota sem um homem para te ajudar. Então já estava mais do que na hora de ele saber. Agora, se me faz o favor... — diz, dando a entender que não me queria mais lá.

— Mas você não tinha dito que havia um outro?

— Bem, aquele... — diz, deixando claro que também esse outro não a ajudou de jeito nenhum.

— Mas Dinda sabe algo sobre Luca?

— Ela sabe que o seu pai é um alpinista que está sempre viajando e abrindo novos caminhos pelo mundo. É por isso que nunca o encontrou. De todo modo, eu tinha dito para ela que a levaria em breve a Roma para que ela o conhecesse. Em vez disso, que bela notícia terei de dar a ela.

— Quer dizer que ela não sabe que o alpinista lá do hospital é o pai dela? — pergunto a ela, um tanto alterada.

Ia falar, mas toca o telefone. Continua a olhar para mim falando ao telefone e deixando-me sem resposta. Pedidos. Enquanto fala com o cliente me encara como se não visse a hora de eu ir embora. Procuram botas número 44, 44 e meio. Responde mal-humorada que não tem e desliga o telefone.

Como ela não me dá mais bola, eu é que tenho de recomeçar a conversa.

— Você acha que devemos contar a ela? — pergunto procurando um tom civilizado.

— Bem, agora ele não é exatamente o herói que eu tinha descrito para ela. O que se pode dizer de um pai imobilizado numa maca que nem mesmo pode falar? Talvez seja melhor nem ir vê-lo. Resolvi esperar um pouco mais para contar a ela.

— Certo — digo-lhe, acalmando-me um pouco. Concordo com ela pela primeira vez. Desencosto da estante e resolvo ir embora porque quero estar no hospital no horário de visita. — Bem, vou embora. Se precisar de alguma coisa... —, digo ainda, me dirigindo para a porta.

— Não se preocupe, não vou pedir dinheiro para você. Não foi por isso que contei ao Luca. Nesse aspecto sempre fiz tudo sozinha. Claro que eu gostaria de uma ajuda qualquer nesses anos todos, mas no fim das contas sempre acabo dando um jeito.

Por um instante nos encaramos e fiquei imaginando a vida dela dentro dessa loja escura e empoeirada. Num canto há uns livros escolares jogados sobre a mesa. Imagino que seja ali que Dinda faça as suas lições. Lá estão também sua maquiagem e um discman. Que vida elas levam aqui dentro. Se a menina sonha, seus sonhos devem ser semelhantes aos nossos, meus e os de Luca.

— O que ela gosta de fazer? — lhe pergunto à queima-roupa, detendo-me ali novamente.

Por um momento Mila parece não entender. Depois me encara e entende através do meu olhar.

— Coisas normais. Coisas que meninas da idade dela gostam de fazer. Canções de Roberto Ciufoli, namoro. Eu falo para ela ficar longe dos homens porque são todos uns idiotas. Mas não me dá bola. Acabará dando com os burros n'água, como eu.

— É.

Olho para ela mais um pouco, com aquela sua dureza, presente até em seus gestos mais nervosos e descoordenados. Parece que odeia tudo o que há em sua loja, documentos, picaretas, barras de cereais. Como se sua vida fosse um fardo, cheia de tarefas mecânicas e sem graça alguma.

— Desde quando sua família tem esse negócio? — pergunto a ela, para não sair dali sem lhe dizer mais nada.

— Mas o que é isso? Um interrogatório policial? Olha, não é porque tenho uma filha de Luca que devemos ficar amigas. Não se preocupe.

Viro-me e estou quase saindo quando ela retoma a conversa.

— Minha família não existe mais. E também, quando existia, era tão diferente de mim que parecia a família de outra pessoa.

— Eu lamento. Agora tenho de ir.

Estou saindo quase sem me despedir quando me lembro de deixar-lhe pelo menos o número do meu celular.

— Olha, vou lhe dar meu número —, digo isso, enquanto me agacho para procurar uma caneta e um papel na bolsinha da minha mochila. Ela me olha como se me perguntasse: "o que ela quer de mim ainda?".

— Claro que quando se procura uma caneta, a que achamos não escreve —, digo, rabiscando várias vezes um bilhete de metrô com uma caneta esferográfica.

— Tome —, me oferece distraída um lápis meio sem ponta.

Chego mais perto e me apoio no balcão para escrever o número.

Tanto barulho por Tullia

— Esse é o número do meu celular e o da redação, onde fico sempre. Trabalho numa revista chamada *Modern Men*, talvez você já a conheça.

Esboça uma resposta mas fica branca como a neve ao ver alguém entrando na loja, atrás de mim. Sinto a presença dele atrás de mim e também os badalos dos sininhos tilintando em cima da porta.

— É a senhora Santamaria? — perguntam-lhe, fazendo-a empalidecer mais ainda.

Viro-me e vejo dois homens uniformizados. São policiais. Mila nem se mexe. Está assustada embora me pareça que já os esperasse. Faz que sim com a cabeça, mas são sobretudo seus olhos que lhes respondem.

— Deve nos acompanhar até a delegacia. São apenas algumas perguntas, mera formalidade.

Os policias procuram dar pouca importância ao caso, mas vejo nos olhos de Mila que é algo bastante grave.

— Sim, vou pegar minha bolsa —, responde, encarando-os e apanhando a carteira, algum dinheiro do caixa, uma agenda.

— A senhora, quem é? — me perguntam, de repente.

— Eu...ãã... sou... —, balbucio.

— É uma amiga minha —, interrompe Mila, decidida, como se fosse uma agente secreta americana.

Permaneço muda, principalmente porque tenho medo de falar alguma bobagem e acabar indo também para a delegacia.

— Está sempre aqui, então, feche a loja. Dinda deve estar de volta à uma hora. Prepare alguma coisa quente para ela comer, porque hoje à tarde vai fazer muito frio — me diz isso sem olhar nos meus olhos e metendo em minha mão um molho de chaves com milhares de cacarecos pendurados.

— Sim... claro... Mila... como você achar melhor —, sussurro, pois diante de pessoas com uniforme viro uma criança de cinco anos.

Os policiais a acompanham e através da vitrine a vejo subir na viatura. Da janelinha me lança um olhar suplicante ou de agradecimento, mas como se estivesse me estudando, perguntando-se se eu estava em condições de entender o que estava acontecendo, de ser capaz de participar de forma adequada de seus planos.

A viatura desaparece atrás da pracinha e eu fico parada, sem nem mesmo ousar olhar a minha volta. Não consigo entender ainda o que houve, mas devo digerir isso depressa. Alguém que mal conheço confiou-me sua filha, a casa, a loja. Sua vida, em suma. Deve estar mesmo desesperada.

Mas não consigo entender como isso pode ter acontecido. E se eu não estivesse aqui? Com quem ela deixaria a menina? Deve ter uma prima, um parente, uma amiga por essas bandas.

É verdade que no café me disseram que desde que seu pai morreu ela não sai da loja, fica nessa escuridão sem falar com ninguém. Agora que a minha mente está um pouco mais calma, ou menos confusa, começo a olhar em volta e acumular outras informações. Mas que diabos eu faço se entrar um cliente? O que digo a ele caso queira comprar algo? Que a loja está fechada? Seria melhor fechar a loja a esta hora?

Se tiver que pagar alguém, nem mesmo sei como funciona a caixa registradora. Vai saber quanto tempo vão mantê-la na delegacia e se ela vai passar a noite lá. E o que digo para Dinda, que levaram sua mãe embora? Seria preciso lhe dizer, antes de tudo, sobre o seu pai. Mas eu não saberia muito bem como dizer tudo a ela de uma vez só, que seu pai está em coma e sua mãe numa delegacia, quem sabe presa?

De fato essa menina não tem muita sorte.

E eu ainda quero ir ao hospital, que a essa hora já deve estar aberto para a visitação, droga. Quem sabe me deixam entrar depois da uma e meia. Poderia esperar Dinda e levá-la comigo. Compraria um sanduíche para ela no caminho. Ainda bem que deixei o número do meu celular com a Mila. Mesmo que ela não me encontre aqui, pode me telefonar a qualquer hora.

Agora consigo até me mexer. Estou com as chaves penduradas na mão há uns quinze minutos. Agora que abaixo o braço sinto-o todo dolorido. Mas pra que tantas chaves? De onde devem ser essas chaves e chavinhas menores?

É só meio-dia e trinta e cinco. Se Dinda chegar à uma e meia e pegarmos o carro à uma e trinta e cinco, posso estar no hospital às duas horas, duas e quinze no máximo. Espero que nos deixem entrar.

E Luca, onde estará? Por que me deixou sozinha?

Não sei o que fazer diante de todas essas situações inesperadas. Se estivesse aqui, provavelmente você me teria feito rir. Diria que isso é uma bobagem, que devo me acalmar e respirar profundamente.

Mas de repente o barulho da porta abrindo me desperta da lembrança dos seus olhos. Os sinos pendurados em cima do batente ainda balançam algumas notas no ar, anunciando a entrada de um humanóide.

Um senhor de cerca de setenta anos olha pra mim desconfiado e se aproxima devagar. Lembro-me de tê-lo visto sentado ao lado de Stelvio e do homem de boné no café em frente.

— Cadê a Mila? —, diz, num tom ameaçador.

— Quê? Ah, sim, ela teve de sair um segundinho —, respondo, quase sussurrando.

— Um segundinho? Mas se nós a vimos sair numa viatura. Escute, nós não queremos confusão por aqui. Anos atrás ela já aprontou uma das boas, espero que não recomece de novo —, me diz com ar intimidatório, como se eu pudesse influir ainda que minimamente nas escolhas existenciais de uma pessoa que mal conheço. — Diga a Mila que não estamos contentes com ela — diz ainda, antes de me virar as costas sem nem se despedir.

Eu queria ter dito a ele que talvez nem mesmo eu veja Mila de novo. E que de todo modo ela não parecia nem um pouco disposta a escutar os meus conselhos ou minhas opiniões. Mas não me arrisco a dizer nada.

Fico atrás do balcão como se agora eu fosse a verdadeira proprietária da loja e, no fundo, no fundo, me sinto bem à vontade. Talvez porque quando eu era criança sempre brincava de caixa com minha irmã. Como ela era mais nova e menos esperta, eu sempre lhe dava menos do que deveria. Ela nunca percebia e ainda me agradecia.

Através da vitrine o septuagenário me espia com o canto dos olhos. Agora se aproxima do homem de boné. Olham-me ao mesmo tempo, desconfiados, e cochicham entre eles. Eu finjo que não vejo, não gostaria que me pusessem no meio das confusões que Mila apronta.

Espio em volta como se estivesse esperando alguém. Finjo olhar meu relógio, embora haja relógio na loja, quando ao longe, do outro lado da pracinha, vejo Dinda caminhando com cara de tédio. Anda devagar, arrastando os pés, com o mesmo gorro tampando suas orelhas, destacando-se do mundo à sua volta. Olha para aqueles dois pegajosos do café com ar superior, sem preocupar-se nadinha com eles. Então entra tilintando pela porta. Olha para mim sem espantar-se e segue em direção à escrivaninha.

— Onde está minha mãe? — me pergunta em voz alta, claro, pois estava ouvindo música em seu discman.

— Ah, ela deu uma saidinha... foi ao supermercado... ela deve voltar logo.

Ela nem se digna a me olhar. Joga a mochila num canto, tira os fones de ouvido, chega perto de um aparelho de som e coloca um CD para tocar. Começa um lamento melancólico: o cantor tem um forte sotaque napolitano e diz estar aborrecido com uma mulher e que elas são todas más e o fazem sofrer.

— Mas você não é a pedófila de hoje de manhã? — me pergunta à queima-roupa, virando em minha direção.

— Pedófila, eu? Mas do que está falando?

— Não falaram de outra coisa hoje na escola. Não era você que estava tirando fotos da bunda dos garotos hoje de manhã?

— Mas o que você está dizendo? Mas que bundas são essas? — grito, pois com essa música no último volume quase não consigo ouvi-la. — Sou Tullia, uma amiga de sua mãe.

— Você também é terrorista? — me pergunta, como se fosse a coisa mais normal do mundo.

— Eu? Claro que não!

Sem quase me escutar, apanha uma barra de cereais de uma prateleira e a enfia na boca. Balança a cabeça no ritmo daquela música langorosa. Ela me dá um pouco de dor de cabeça mas não ouso lhe pedir para abaixar o volume, porque percebo que este é o seu cantor preferido do qual sua mãe havia falado agora há pouco.

Não creio que seja o caso de derrubar os seus mitos com todas as más notícias que daqui a pouco terei de lhe dar. E depois pode ser que só queira chamar a atenção com essa história de terrorismo. Imagina se numa cidadezinha dessas tem terroristas!

— Saiu mais cedo da escola? — pergunto a ela, para mudar de assunto e para levar a conversa para mais perto do seu mundo.

— Pra mim, tanto faz. Eles me deixam fazer o que eu quiser, caso contrário sabem que eu armo a maior confusão —, me diz com um ar de gângster de seriado de tevê.

Começa então a se mexer de acordo com a música e acompanhar o napolitano nas estrofes mais dramáticas.

— Bem, não era a bunda dos garotos que eu estava fotografando, mas você —, digo a ela, esperando dobrá-la.

— Então você é lésbica? — me pergunta à queima-roupa, encarando-me.

— Não! Mas por que diz isso? Olha... estou fazendo uma matéria sobre a moda dos adolescentes hoje, para uma revista e... —, nem bem terminei de inventar essa mentira e seus olhos brilharam numa alegria despropositada.

— Quer dizer que vou sair na capa? — me pergunta, saltando da cadeira.

— Bem, na capa não tenho certeza, mas quem sabe numa página interna... —, digo a ela, e percebendo que esse assunto a atrai, abaixo sem alarde o volume desse fúnebre napolitano.

— O Ferruccio também tira umas fotos minhas. Fala que eu fico muito bem. Diz que eu sou muito "fotogêmica" —, diz ela, jogando os cabelos para trás e olhando-se na vitrine.

— "Fotogênica", não "fotogêmica". Sim, é provável, as maçãs de seu rosto são largas, o que significa que captam bem a luz.

— Em todo o caso, para mim as revistas são apenas um passo. Eu quero trabalhar na televisão —, diz, com cara séria.

— Ah, sim, claro, você quer ser atriz, eu imagino.

— Que atriz o quê! Imagina! Eu sou uma songamonga!

— Comediante? Assistente de palco?

— Ah, essa agora... —, diz, esnobando-me e balançando a cabeça.

— Mas então, o que você gostaria de fazer na tevê?

— Telejornalismo. Você não viu que até o rei da Espanha casou com uma? Os ricos se casam com elas porque elas sabem falar, não são como as assistentes de palco que não dizem uma palavra. Já estou estudando oratória —, diz, mostrando-me um CD com o título *Como expressar-se bem em italiano*. — Já estou na metade. Você já viu como aquela jornalista, a Gruber, fala bem? Estava elegantérrima quando apareceu em Bagdá no meio daquelas bombas que explodiam ao lado dela. Quero pintar os cabelos de vermelho como os dela. E depois começar uma dieta.

— Mas, não parece que...

— Ah, bondade sua! Sabe quanto eu peso? Até já tenho celulite nas coxas e eu não quero virar uma baleia como minha mãe. Já descolei um lugar para fazer uma lipo, no verão que vem.

— Ai, pelo amor de Deus, você sabe o que está dizendo? Você é muito jovem.

— Eu vou fazer! Eu vou arrumar o dinheiro com o Ferruccio. Oitocentos e cinqüenta euros, filhos-da-mãe.

— Ah —, e digo baixinho, pra mim mesma: "se fosse minha filha eu a deserdava".

Mas de onde ela tira essas idéias? Ela só tem doze anos! Deve ter ficado grudada na televisão nesses últimos onze anos, aposto. Nem deve saber o que é um museu, nunca deve ter aberto um livro, nem pra dar uma espiada nas ilustrações. E depois, quem é este Ferruccio, que a financia nessas suas andanças "culturais"? Talvez seja aquele namorado de sua mãe, de Roma.

— Você está com fome? — pergunto a ela, em voz baixa, para tentar mais uma vez desviar o assunto para temas mais corriqueiros.

— Mas se eu te disse que estou fazendo regime! — diz, apanhando outra barra de cereais da estante, engolindo-a sem nem mesmo mastigá-la.

— Sei. Ouça, eu tenho de dar um pulinho em Áquila, quer ir comigo?

— Você não está falando sério —, responde, afundando-se na poltrona, apanhando um fascículo do seu curso de oratória. — Eu já te disse, tenho de estudar — acrescenta, dando-me as costas e trocando o CD.

Olho para ela e reparo em seus cabelos volumosos e cacheados. Um pouco crespos, loiro aguado, com mechas mais claras aqui e ali, como o pai. Parecem ter o mesmo perfume natural. Começo a cheirá-los e não resisto. Estico um pouco as mãos para acariciá-los e sentir sua consistência. São embaraçados, ondulados, espessos.

Sinto Luca.

— Ah, então você é lésbica? — diz, percebendo a carícia e voltando-se num salto em minha direção.

— Não, mas o que está dizendo? É que seu cabelo é lindo. Lembra o da... o da... minha irmã.

— Tudo bem. Mas me diga, como nunca te vi com a minha mãe? Você é uma daquelas que enviam as bombas enquanto ela distribui os panfletos, certo?

— Bombas? Mas do que você está falando?

— Ah, sim, das amigas que ela esconde de mim. Aquelas do grupo. Eu reconheço uma só de ver. Elas aparecem nos jornais. Não me diga que não sabe de nada. Todo mundo sabe disso aqui —, diz, vendo a cara de espanto que faço.

— Mas, de verdade... não... não sabia que Mila...

— Em todo caso, até hoje nunca conseguiram explodir uma. Elas mandam pelo correio mas a polícia as encontra sempre antes de elas detonarem. Sei disso porque uma vez eu as vi fazendo uma, escondidas no banheiro, à noite. Falavam em prestar atenção, para não deixar impressões "vegetais" e coisas do tipo.

— "Digitais", não "vegetais". Bem, você deve ficar... ficar preocupada, não?

— Eu nem ligo. Não me importo com nada que aquela tonta da minha mãe faz. Ela ainda é daquelas que acreditam que podem mudar o mundo, fazer a revolução e outras bobagens dessas.

— Sei.

Eu me sento também, pois é muita coisa de uma vez só. Se Mila é mesmo uma militante terrorista provavelmente ficará presa um bom tempo e o que eu vou fazer com essa menina?

— Então, quando sai sua matéria? — diz ela, de repente.

— Que matéria?

— Aquela, a da sua revista. Pode ser útil para o meu book, assim quando eu me apresentar no Canal 5, no programa *Futuras Celebridades*, da Maria del Filippi, mostro a matéria para eles. Ela sempre ajuda os jovens que tiveram uma vida difícil.

— Mas você não acha que é muito pequena ainda para pensar em trabalho?

— Quero estar preparada quando chegar a minha vez. Minha mãe não tem dinheiro nem para me comprar umas roupas. Vou ter de ir atrás do meu sustento, e isso também vai ser bom para ela. Inclusive, essa é a única coisa sobre a qual concordamos.

Por outro lado, sob esse aspecto, eu não poderia imaginar uma filha mais diferente do Luca. Uma coisa em que ele jamais pensou foi em trabalhar. Enquanto essa menina, desde pequena, já está obcecada por isso.

Em relação aos gostos musicais também não vejo muitas afinidades. Luca sempre ouviu música clássica, no máximo jazz, nunca Roberto Ciufoli. Mas os cabelos, a cor dos olhos, o perfil, são dele. É como se eu estivesse vendo-o aqui, na minha frente, mais novo e com os cabelos mais compridos.

Além disso, não é culpa sua. Se Dinda tivesse vivido com ele, ela gostaria de coisas muito diferentes. Agora estaria lendo os contos dos Irmãos Grimm e tocando as *Invenções a duas vozes*, de Bach, no piano, e não estudando oratória.

— Mas você não deve se envergonhar de ser lésbica. Uma amiga de minha mãe colocou a mão no meio das minhas coxas uma vez e me disse que já era lésbica desde os doze anos. Só tem de assumir.

Estou perplexa diante das coisas que acontecem aqui dentro e do cinismo dessa garotinha. Procuro me acalmar e respirar profundamente quando toca o telefone perto da máquina registradora.

Dinda, como se não estivesse ouvindo, me dá as costas de novo e repete as palavras tal qual elas são pronunciadas em seu CD didático.

— De-li-ci-o-so, co-lu-na, bos-que.

Espero um pouco para ver se ela esboça algum interesse em atender o telefone. Espero tocar duas, três vezes, mas é claro que ela não está nem aí. Corro até o aparelho e atendo.

— Alô?

— Sou eu, Mila, vou ficar por aqui um tempo ainda. Querem que eu passe esta noite aqui. Dinda voltou?

— Sim, está aqui, está fazendo seus exercícios de oratória.

— Não fique longe dela, hein? Pode dormir na minha cama ou no sofá, como você preferir. Mande um beijo pra Dinda, tchau.

Ela desliga e nem me dá chance de perguntar-lhe sobre a casa, roupa de cama, o que tem pra comer. De falar que tenho de ir ao hospital, de qualquer jeito, em Áquila, e que o horário de visita está terminando.

Dinda permanece imóvel repetindo as palavras que saem do discman.

— A-çú-car, se-de, sé-de.

Imagino Luca no quarto debaixo daquelas luzes fluorescentes. Lembro-me de seu rosto por trás do vidro. E nem avisei a sua irmã ainda. Enfio a mão na minha bolsa para pegar o celular e ligar para ela e em vez disso sinto a textura do couro de seu diário.

Quando ela me mostrou a garota, na hora não tive coragem de falar com ela, só a observei. Disse a Mila que ia fazer uma escalada rápida e que esta noite eu iria jantar com elas.

Tenho de pensar bem no que vou dizer a essa menina. Uma filha. Estou muito emocionado. Só espero que ela não sinta raiva de mim. Eu não dei as caras todos esses anos, e ela deve ter sofrido muito nesse período. Vai saber que imagem ela formou de mim enquanto crescia.

E se ela ficou doente, se foram doenças graves. Daqui pra frente farei tudo por ela. Tudo o que eu não fiz esses anos todos. Levarei ela comigo em minhas viagens. Contarei para ela um monte de histórias.

Incrível que ela se chame Dinda.

Os filhos são um pedaço da gente, vêm de dentro, daquele lugar profundo e secreto que nem a gente conhece. Ficamos imaginando como eles vão ser, ficam anos dentro da gente e, de uma hora para a outra, depois de anos, eles surgem.

Tenho certeza de que Tullia vai gostar dela. Dá uma de durona, que não quer ter filhos, mas aposto que vai ser a primeira a se afeiçoar e cuidar dela. Será a mãe mais doce do mundo.

Estou muito excitado e desnorteado para continuar subindo. Além disso, o nevoeiro está cada vez mais cerrado. E começa a chover, além de tudo. Se eu não descer logo, daqui a pouco não vai dar pra enxergar mais nada e terei de passar a noite a céu aberto. Não trouxe nem a barraca.

Menos mal que tenho a companhia da cadela. Eu já tinha reparado nela outras vezes por causa da enorme ferida cor-de-rosa que ela tem na perna. Mal abro a sacola de comida ela aparece detrás de uma moita, embora estejamos a três mil metros de altura. Talvez ela esteja em busca de comida para seus filhotes. Eu a vi antes amamentando.

Provavelmente Mila também tenha lutado para dar o que comer à pequena Dinda.

Luca gostaria que eu cuidasse da garota, foi uma das últimas coisas que pensou antes de cair. Tenho certeza agora, assim como já tinha antes, de que ele gostaria que eu ficasse aqui junto dela, mais do que ao lado dele, no hospital.

Se não tivéssemos brigado, ele me pediria imediatamente, ainda que por telefone, para eu cuidar dela. A mãe mais doce do mundo.

Sei.

Tenho de ficar com Dinda. Devo fazer isso por Luca. Talvez tenha sido por causa da excitação de saber que era pai que ele tenha escorregado. Sua vida está em perigo por causa dessa emoção de ontem, quando soube da filha. O mínimo que eu posso fazer é reencontrar nela um pouco dele. Fazê-lo renascer através dela. Devo fazer isso por ele, mas também por mim. Será a última esperança que terei de senti-lo novamente.

Se Luca conseguisse falar, me pediria para ensinar algo de inspirador a ela, de nutrir um pouco a sua almazinha atormentada por telejornais e canções de segunda. Se ele estivesse aqui, faria de tudo para que sua cabecinha voasse mais longe que os vinte centímetros que a separam do discman e do aparelho de tevê de dezesseis polegadas.

— Era a sua mãe. Ela volta amanhã —, digo a ela, sentando-me ao seu lado e sentindo-me pela primeira vez como uma mãe junto de sua filha.

— Já entendi. Eles a levaram mais uma vez.

— Não, claro que não.

— Olha, eu já estou acostumada. Não me trate como se eu fosse uma criancinha assustada. Eu me viro muito bem sem ela. Quando ela vai a Roma, visitar seus amigos "debelados" me deixa sozinha por uns três dias. Não se preocupe comigo, porque eu não preciso de nada.

— Não, olha, pra mim é um prazer te conhecer. Ouvi muito falar de você.

— Ah é? Mas eu nunca ouvi falar de você.

Queria dizer-lhe que não são "debelados" mas "rebelados", mas isso é um assunto tão complexo, que não gostaria de falar sobre ele, ainda mais em voz alta, sobretudo palavras ligadas ao terrorismo.

— Tudo bem que ela não fale nada pra mim de vocês porque tem medo que as notícias sobre o grupo se espalhem. Que idiota. Como se eu desse alguma importância para o que vocês fazem — diz, ainda sem olhar para mim, nem com o canto dos olhos.

— O quê? Não, olha... Eu não tenho... com essa turma... não tenho nada a ver com eles... eu a conheci há pouco tempo e ela me pareceu muito gentil... —, consigo improvisar alguma coisa quando sinto que há alguém atrás de mim.

— Estou procurando um Friend número nove, vocês têm? — me pergunta um homem baixo e careca, vestido com roupa esporte, interrogando-me com os olhos.

Dinda voltou aos seus estudos de oratória e eu torço para que o alpinista não tenha ouvido nossa conversa.

— Olha, bem, eu acabei de chegar. Você conhece a loja? —, pergunto-lhe honestamente.

O baixinho me olha com um ar desconfiado. Olha em volta como se estivesse procurando a pessoa de quem estava acostumado a comprar, e, em seguida, com um tom pouco convicto, diz: — Eu passo mais tarde.

— Certo, sim, acho que é o melhor a fazer —, digo-lhe, vendo-o sair.

Reuniu-se a um grupo de três alpinistas que o esperavam lá fora e vejo que me observam e cochicham algo entre eles. Logo depois, desaparecem. Talvez seja melhor eu fechar a loja o mais rápido possível, embora a pequena não dê sinal de que vai interromper os seus estudos.

Só faltava ser o grupo de anarquistas rebelados. Mas como Luca pode ficar com uma mulher dessas? Embora, se eu entendi bem, ela não é das que usam armas, mas Luca jamais foi politizado. Sequer votou uma vez em sua vida. Compra jornal uma vez por semana, com muito esforço, e só para ler a previsão do tempo. Nem folheia o resto, joga tudo direto no lixo. Ele diz que as guerras o fazem sofrer muito e que é inútil ler os jornais. A única coisa certa é fazer algo prático e não ficar papagueando como fazem os políticos.

Só anos depois descobri, por acaso, que ele tinha aberto uma escola no Nepal. Junto com um amigo alpinista, ele descobriu que as meninas nepalesas eram assassinadas ao nascer ou se tornavam uma espécie de escravas, porque os pais não podiam se dar ao luxo de obter um dote para o casamento.

Assim, veio-lhe a idéia de fundar essa escola. Deixaram um sujeito de lá tomando conta da escola e todo ano, no Natal, ele manda uma foto das vinte garotas sorridentes, que continuavam a estudar graças à ajuda que Luca enviava para lá todo mês.

Se ele cuidava de vinte crianças que nem conhecia, o que não faria com essa aqui, sua filha? Ainda mais que essa garota está quase abandonada à própria sorte: sem pai, com uma mãe que quando não está presa, está distribuindo panfletos por aí.

— E esse Ferruccio, quem é? — pergunto-lhe à queima-roupa, tentando entender mais um pouco sobre sua vida.

Mas ela não me responde, imersa que está na sua aula de oratória. Tirou o CD do aparelho de som e o colocou em seu discman, e agora não ouço mais a voz do professor, só a sua.

— Co-var-dia, a-çú-car, gru-ta.

Sei que vou ter de ser paciente. Não posso assediá-la assim. De todo modo, ela está certa em não confiar em mim. Isso de não dar trela para desconhecidos é algo que vai lhe servir para toda a vida. Acho que abrir a guarda para quem não se conhece é um luxo que só alguns podem ter. É possível fazer isso quando se tem cobertura por trás. Senão você se dá mal.

— É o único amigo da minha mãe com quem me dou bem —, me diz depois, quando eu nem esperava mais que respondesse. — Ele é fofo. Ele é apaixonado por aquela tonta, mas ela não quer saber dele, nem de nenhum outro homem.

—"Aquela tonta" é sua mãe?

— Claro que sim. Ela diz que todos os homens são uns porcos, eu procuro explicar a ela que os homens podem ser úteis, mas ela nem quer saber.

Tento mudar de assunto novamente. Na sua idade não deveríamos estar falando de homens mas de barbies, de um vestido que viu em uma loja e que Mila não quis comprar para ela.

— Ouça, aqui está uma grande bagunça, por que você não me ajuda a pôr um pouco de ordem aqui? Seria legal fazer uma surpresa para sua mãe —, digo a ela, procurando animá-la a fazer alguma coisa.

— Olha, ela nem liga para essa bagunça. Ao contrário, ela gosta de viver nesse bordel. Assim ela pode deixar as coisas como estão, não depilar as pernas, não escovar os dentes.

— Então, vamos fazer isso pela gente. Eu me sinto melhor quando as coisas à minha volta estão arrumadas, e você? Não conheço bem onde as coisas ficam, mas você pode ir me ajudando e me dizer onde as coloco.

— Essa loja está falindo. Daqui a dois meses será tudo do banco. É sério, é inútil dar o sangue por esse lugar.

— Então vamos subir. Você mora aqui em cima, não? — pergunto a ela, tentando desesperadamente achar um assunto que a deixe mais à vontade.

— Quer conhecer a minha coleção de CDs do Roberto Ciufoli? — me pergunta, de repente, animada.

— Claro! — digo-lhe, superexcitada, embora este Ciufoli tenha sido a pior coisa que meus ouvidos escutaram até hoje.

Dinda sai da loja mas não sem levar o seu discman, os fones e todo o material do curso. Deixa a porta bater e os sininhos tilintando sem dizer uma palavra e se enfia pela escadinha acima que dá num portãozinho no andar de cima.

— Devo fechar a porta? — pergunto-lhe aqui de baixo.

— Se quiser. Mas não entra ninguém aqui, nem para roubar. Todos odeiam tanto a minha mãe que nem chegam perto da loja.

Sigo atrás dela e lhe faço mais uma pergunta, torcendo para não irritá-la de novo.

— Mas por que odeiam tanto a sua mãe?

— Você acredita que alguém goste de ter uma terrorista como vizinha? — me pergunta desse jeito retórico, num tom de voz muito decidido. Volto-me para trás rápido, assustada com o fato de alguém poder ter nos ouvido.

Talvez seja por isso que tenham vindo prendê-la. Dinda pode ter falado alguma coisa na escola ou na rua sobre isso com uma amiguinha. Deus do céu, em que mundo complexo essa menina já está metida.

Entro casa adentro. O prédio parece ser anos cinqüenta, a cozinha de falso mogno e sofás de veludo verde com babados. Em cima, toda suja de pó, uma manta hippie anos setenta. Xales latino-americanos na parede, num canto um tear, um pôster de Che Guevara preso com fita crepe em cima de um quadro com paisagens rurais e moldura imitando o barroco.

As duas pequenas janelas estão tapadas com retalhos de mantas presas nas vigas do teto. Na cozinha, uma geladeira verde com um puxador tipo pós-guerra, um fogãozinho com o bujão de gás ao lado, uma pia entulhada de louça. No canto oposto, ao lado do sofá, uma cama tomada por travesseiros com bordados peruanos.

— Ei, o que você está fazendo? Você não vem? — ela me chama, do outro lado da única porta que vejo por aqui.

Entro e no pequeno quarto noto logo uma cama de ferro que deve ter sido do avô dela, como todo o resto da casa. Ao lado, uma escrivaninha coberta de revistas, poucos livros de escola e uma pilha bem alta de CDs. Ao fundo, uma pequena porta atrás da qual vejo o banheiro com azulejos azuis decorados com flores amarelas.

— Achei! — diz, entusiasmada, colocando três ou quatro discos na minha mão.

Na capa, um jovenzinho muito magro com a camisa aberta, cabelos ralos e um sorriso vivo mas um pouco acanhado.

— Vê como ele é bonito? Acredita que ele está fazendo uma turnê pela Itália, esta noite estará em Roma e dia 13 vem pra cá, pra Áquila!

— Fofíssimo! — exclamo, procurando um tom emotivo próximo ao dela, além de tentar usar os jargões de sua geração.

— E ainda é parecido com meu pai. Quer ver?

Sinto meu sangue gelar. Não consigo falar nada. Estou paralisada. Desabo na cadeira da escrivaninha fazendo-a ir para trás. Dinda vai até uma gaveta e volta com um álbum de fotografias. Daqueles com notas musicais imitando a caligrafia gótica.

— Agora está no hospital coitadinho, não está nada bem. Olha, não é igualzinho? — pergunta, apanhando o álbum e colocando a capa do CD ao lado da foto.

Não tenho coragem de olhar. Mas Mila disse que não havia falado nada sobre o seu pai!

Respiro profundamente porque não me parece justo refutar essa tentativa de comunicação da parte dela. Assim, agarro o álbum e olho. É o Luca versão alpinista e anos oitenta, muito jovem: bronzeado, luminoso, vigoroso, como sempre fica quando ultrapassa os três mil metros.

Está de botas e a primeira coisa em que penso é: se ele as tivesse usando ontem, droga. Talvez por causa do dia ensolarado achou que não fosse encontrar gelo lá em cima. Afasto o CD, e a semelhança, meu Deus, só com muito esforço dá pra ver algo, a cor dos cabelos, talvez. Na verdade, não há nada mais diferente de Luca do que esse cantor napolitano magrela.

Folheio o álbum e vejo um Luca diferente nessas fotos, não só por causa dos quinze anos a menos e suas roupas anos oitenta, mas também pelo brilho dos seus olhos, que faz tempo eu não via.

E Mila, também ela muito mais jovem, enroscada atrás dele. Está agarrada a seu pescoço, onde lhe aplica um beijo. Numa outra foto, está aninhada na cintura dele, com a cabeça embaixo do seu braço. Ela também parece uma outra pessoa e não é por causa da diferença de idade. Na foto, sorri felicíssima, nada parecido com essa carranca que ela leva consigo desde que a vi. Parece que as montanhas atrás deles são a sua fonte abençoada. Parece que estão em casa, apaixonadíssimos, radiantes, o casal do século.

Quem será que os fotografou?

Outras fotos foram tiradas num bar esfumaçado, junto com uns tipos que não parecem alpinistas. Um baixinho e moreno, com o nariz aquilino bem pronunciado, olha para Mila e Luca com o canto dos olhos. É o único que não ri. Dinda coloca o dedo sobre ele.

— Este é o Ferruccio, como ele era feio, não?

Realmente. Pelo menos agora vi a cara desse sujeito, embora ainda não entenda muito bem que papel ele tem nisso tudo.

— Então? — me pergunta de repente.

— Então? — repito, tentando sorrir e fazer parte da brincadeira.

— Não são iguaizinhos?

Volto à realidade, ao quarto dessa garota desconhecida e lembro agora sobre o que conversávamos.

— Iguais. Parecem dois irmãos gêmeos.

— É mesmo. Quando meu pai melhorar quero convencê-lo a vir comigo a um dos seus shows. Eu mesma quero apresentá-los.

— Quem?

— Meu pai! Quero apresentá-lo a Ciufoli.

— Certo, me parece uma bela idéia —, digo a ela, sem convicção alguma, porque Luca provavelmente não se levantará mais daquela cama.

— Olha aí, eu sabia, você também não gosta do Ciufoli, como a minha mãe —, me diz bruscamente, mudando de expressão e arrancando-me das mãos o álbum e o CD.

— Não, não é isso. Ao contrário, eu gosto dele. É que seu pai está muito mal.

— Não é verdade! E o que você sabe disso? Minha mãe disse que ele vai ficar bom e logo iremos morar todos juntos! —, diz, de cara fechada.

— Ah, então Mila te disse isso?... — pergunto com a sensação que alguém esteja se apropriando da minha vida, do meu marido, da minha máquina fotográfica e até de minhas calcinhas.

— Sim! E agora me deixe em paz!

Eu, em silêncio, execro o que Mila fez, contar todas essas mentiras para a menina. Agora será mais difícil evitar que ela sofra.

— Você nunca falou com ele? — pergunto, aproximando-me dela.

— Não, aquela cretina da minha mãe nunca me deu o número de seu telefone. Pedi pra ela mais de mil vezes. Ela sempre diz que ele é muito ocupado, além das viagens que faz ao Himalaia para escalar.

— O seu trabalho? — pergunto, pensando qual a outra estupidez que Mila contou a ela, pois Luca jamais trabalhou.

— Sim, ele é diplomata. A primeira vez que eu o vi foi ontem, no hospital. Fiquei muito mal em vê-lo assim, com a cabeça rachada. Mas estou contente agora porque pelo menos sei onde ele está e posso ir falar com ele.

— Claro — digo, com o coração apertado. — Se você quiser, podemos ir lá agora —, falo, tentando conter o choro.

— Onde?

— Falar com ele, no hospital, em Áquila.

— Como você sabe que ele está em Áquila? — me pergunta, de chofre, desconfiando de algo. — Você está me enrolando. Por acaso você não é da polícia e está fazendo essas perguntas para prender minha mãe, está? Se quiser, pode prendê-la mas meu pai não tem nada a ver com aqueles "debelados", você entendeu? Deixe-o em paz, está bem? — grita, a plenos pulmões.

— Não, mas que polícia. Não... só sou...

— Não me importa quem você seja. Saia do meu quarto agora! Você entendeu? Ouviu?! — continua a gritar, empurrando-me em direção à porta.

— Não vai mais me ajudar a limpar a casa?...

— Já disse, fora! Não quero te ajudar nem ser sua amiga —, berra, sempre mais alto, empurrando-me para fora de seu quarto.

— Você não está com fome? Quer comer alguma coisa? — pergunto-lhe, ainda tentando inutilmente me aproximar dela.

Fica transtornada. Range os dentes e comprime os lábios como se dentro da sua boca tivesse alguma coisa preciosa que tivesse medo de ser roubada.

— Fora!! — gritou, batendo a porta na minha cara.

— OK, eu saio, mas se precisar de algo... —, sussurro, embora esteja do outro lado da porta.

— Não preciso de nada, entendeu? De nada!!!

Acho melhor ficar quieta agora. Ouço-a trancar a porta. Está tentando, mas talvez a chave não esteja virando. Arrasta uns móveis, talvez para bloquear a porta.

— Nem tente se aproximar mais! Você entendeu?!! — grita mais uma vez ainda.

— Não se preocupe. Não vou te perturbar mais —, digo-lhe num tom o mais afetuoso possível, para ver se ela se acalma.

Mas que droga. Desta vez eu a deixei possessa mesmo. Está certo que ela não tem um gênio fácil. Aliás, também nesse aspecto é idêntica ao Luca.

Ela deve ter idealizado o pai se o defende assim, ainda mais porque não faz o mesmo com a mãe, a qual nunca defende. Será um duro golpe para ela quando souber a verdade e mais ainda se não puder nem mesmo falar com ele.

Olho em volta, para essa sala com decoração hippie e me sinto voltar vinte anos no tempo. Grudadas na geladeira com imãs há outras fotos da década de oitenta. Luca sempre em trajes de alpinista e sempre quinze anos mais novo. Sorridente. É estranho vê-lo aqui. É como se tivessem me arrancado um braço e o tivessem grudado nessa geladeira sem que eu soubesse.

Pensar nesse passado de Luca é insuportável para mim, nessa mulher que lhe agarra por trás. Embora isso tenha acontecido faz muito tempo, eu queria ter sido a única mulher dele, a única a ter tocado em seu corpo. E quem me garante que essa relação deles não durou anos até a manhã de ontem? Procuro imaginar-me no meio deles debaixo dos lençóis. Só para ver como transavam.

Ela é bem diferente dele, e de mim.

Este lugar. Não posso acreditar que haja fotos de Luca aqui, nesses anos todos, sem que eu nunca soubesse disso. Talvez tenham continuado a se ver todo esse tempo e ele jamais me disse nada. Vai ver que era por isso que estava nervoso ultimamente. Talvez tenha até resolvido me deixar mas ainda não tinha tido coragem para me dizer. Ou estava na iminência de falar. Estava prestes a me deixar.

Tenho de pôr uma ordem nas minhas idéias. Escrever sempre me ajuda a fazer isso. Escorreguei numa fenda. Por sorte caí em cima de um pequeno degrau coberto de neve que amorteceu minha queda. Mas machucou um dos meus ombros. Sorte que eu estava com o capacete, porque bati a cabeça várias vezes enquanto caía.

Olhando pra cima parece que eu escorreguei de uma altura de vinte metros. Faz muito frio e é muito escuro aqui embaixo. A pilha deve durar no máximo uns dez minutos.

Quando olho para baixo, percebo que a fenda é tão profunda que nem dá pra ver o fim dela. Para o alto, ao contrário, avisto a luz vindo de sua abertura e um corvo sobrevoando por cima dela. Acho que percebeu minha presença aqui e talvez esteja falando comigo, com aqueles seus gritos estridentes. Quem sabe dizendo que eu posso me salvar. Está gritando para que eu faça força e suba de novo a vertente.

Não vejo a hora de voltar para os braços de Tullia. De conhecer Dinda.

Mas justo agora isso tinha de acontecer comigo? Agora que tem gente precisando de mim lá embaixo? Como será que essa garota viveu todos esses anos sem um pai, e Mila, sem um homem ao seu lado.

Não me conformo de tê-las abandonado. Devo voltar para o vale o mais rápido possível. O gelo sobre a rocha é muito fino, mas assim mesmo tentarei escalar a parede. O celular não funciona aqui, não tenho outra escolha.

Além disso, aquele corvo está dizendo que eu vou conseguir.

Ó Deus, não posso acreditar nisso. Ele conseguiu cair em uma plataforma. Que droga, se tivesse ficado ali quem sabe o encontrariam ainda vivo. Por que resolveu se empoleirar de novo naquela parede? Caiu outra vez na garganta, mas desta vez muito mais embaixo.

Olho à minha volta para me distrair porque é muito doído pensar em Luca. Devo me concentrar em Dinda. Talvez eu deva fazer alguma coisa para ela comer. Sentindo o cheiro, quem sabe ela saia do quarto e voltemos a conversar.

Ah, como eu gostaria de estar no hospital! Mas como posso deixá-la aqui sozinha? Já a deixamos largada assim por doze anos.

Acho uma caixa de risoto instantâneo. Enxáguo uma panelinha que soltei da pirâmide de louça suja. Derramo os grãos dentro dela, coloco água e mexo até que amoleçam.

De uma foto pendurada num móbile Luca me sorri e parece estar olhando para mim.

Mexo a panela novamente e o vapor entra pelo meu nariz e me umedece os olhos, os quais lembram-se de chorar.

Não quero voltar mais para Roma. Quero ficar aqui e fazer as pazes com Dinda. Gostaria de ter coragem de dizer a ela o quanto eu amava o seu pai e como eu nunca consegui dizer isso a ele. É isso o que acontece com todas as pessoas que eu amei. Nunca consegui dizer isso a elas.

Cresci sempre me virando para separar as brigas dos outros. Além disso, ninguém nunca me disse que eu devia gostar de alguém, tampouco me ensinaram a falar algo parecido. Cresci no meio da desordem e daí veio toda a minha linguagem.

Sem descanso, sem trégua.

Se não brigo com as pessoas, é como se não fosse eu mesma, como se perdesse a minha identidade. Oposta e incompatível com a espécie humana, olha no que me tornei. E também com essa garotinha. Estou fazendo um esforço terrível, mas pouco a pouco acho-a cada vez mais insuportável. De cara, fico tentada a dar no pé, de deixá-la aqui sozinha. Mas desta vez gostaria de cuidar de alguém como se deve. Gostaria de crescer e não ficar batendo cabeça a vida toda. No fundo é só uma criança crescidinha com uma mãe desmiolada e órfã de pai. Não tem culpa de ser tão agitada.

Tenho de ter estômago para isso.

— Tem certeza de que não quer nada? Estou fazendo um risoto com funghi — ofereço a ela, aproximando-me da porta de seu quarto.

— Eu não quero nada de você! Vá embora! — grita, aumentando o volume do seu Ciufoli.

Fico parada ali no meio, com a panela na mão, com vontade de atirá-la na porta, o que reprimo porque sei que faria uma meleca danada, além do que estou morta de fome. Paro pra pensar e percebo que só tomei aquele cappuccino, o dia todo.

Tiro uma manta da janela e começo a engolir o amido fervente, queimando meu palato, quando vejo uma Mercedes roxa estacionar perto da loja. Enquanto assopro a colher para não queimar também meu esôfago, vejo aquele sujeito da foto, Ferruccio, descer do carro, entrar na loja, não encontrar ninguém, olhar para cima. Na minha direção.

Parece que nossos olhares se cruzam por um segundo, mas não tenho certeza disso porque ele está usando óculos escuros, e também porque, assim que ele levantou a cabeça, eu mecanicamente voltei para dentro.

Dali a dois segundos, bate na porta.

Vou atender com a panela nas mãos. É mais baixo ainda do que parecia na foto e tem um nariz em forma de gancho, horrível. É de tal forma virado para baixo, que quase encosta no queixo, o qual, por sua vez, é virado para cima. Veste um casaco de pele escura que o deixa parecido com uma coruja.

— A Mila não está? — pergunta, me olhando do alto do seu um metro e sessenta.

— Não, e me disse que só volta amanhã. Sou Tullia, uma amiga dela —, digo, estendendo-lhe a mão.

— E Dinda? —, pergunta, desconfiado, sem estender-me a sua.

— Está entrincheirada no quarto dela, não quer falar comigo.

— Típico dela —, diz com certo tique de super-herói, aproximando-se da porta do quarto.

— Dinda? Sou eu, Ferruccio, que está fazendo? Não vem me dar um beijo, maravilhosa? Tenho algo para você —, diz, amável, através do compensado da porta.

Do outro lado, ouve-se de repente um grito de felicidade misturado a um rápido deslocamento dos móveis.

— Ferry! Que bom que você está aqui! Mas você nunca aparece antes do sábado?

— É mesmo, mas estava passando aqui perto e então resolvi dar um beijo na minha noivinha —, diz, enquanto a pequena pula pra fora da caverna jogando-se em cima dele.

— Ferry! Que bom! E o que você trouxe pra mim? — pergunta, beijando-o freneticamente.

Olha para ela fazendo um ar de suspense, tipo galã de Hollywood, e tira um invólucro de papel de dentro do casaco de peles. Parece um envelope ou algo do gênero. Ele o aproxima do nariz.

— O que é? — ela pergunta, curiosíssima, soltando-o por um segundo.

Ela tenta apanhar o embrulho mas ele consegue escapar de todos os seus ataques.

— Vamos ver se você adivinha —, diz, olhando para ela, por trás dos óculos escuros.

Começam então a correr um atrás do outro pela sala, enquanto me afasto para um canto, tentando acabar de comer o risoto, que a essa altura deve estar um grude só.

Quando vêm para o meu lado, noto que parecem muito à vontade um com o outro. Muitíssimo, acho. Ele faz cócegas nela por trás, inclusive em sua bunda. Agora estão deitados no sofá da Mila. Dinda está em cima de suas coxas grossas, tentando ainda apanhar o precioso presente de suas mãos.

— O que é, diz pra mim! Quero saber o que você me trouxe! — diz ela, procurando alcançar a mão que esconde o envelope debaixo de suas coxas de batráquio.

Agora ele começa a fazer-lhe cócegas debaixo dos braços, em volta do peito e a coisa vai ficando cada vez mais erótica. Talvez eu devesse intervir, dizendo algo do tipo: "Dá logo essa merda de envelope pra ela, cacete!".

Mas provavelmente Dinda me odiaria mais ainda por isso. E depois, quem sou eu para me intrometer nas coisas que ela faz ou que fazem com ela. Mas de repente paro de pensar e interrompo a brincadeira:

— Fiz um risoto, vocês não querem?

Nenhum dos dois me responde, mas ele finalmente pára de boliná-la. Percebe pelos meus olhos que exagerou um pouco. Continuam sem falar comigo, mas agora estão mais calmos e grudados um ao outro.

— Olha, pegue —, diz pra ela, colocando finalmente o envelope na sua mão.

A pequena rasga-o todo e encontra dois ingressos lá dentro. Emite um uivo que é absolutamente impossível de descrever.

— É pra esta noite —, diz ele, enquanto ela continua ainda a produzir sons altíssimos.

— Não acredito! Não acredito nisso! Ingressos para o show do Ciufoli, no *Netuno*! Quero ir já para lá, assim me sento perto do palco para ele me ver! — diz ela, enchendo as costas do nanico de pancada.

— Ei, calma, assim você me machuca! — diz ele, procurando se proteger.

— Ah, estou muito feliz! Muito feliz! — ela grita, ainda lhe dando socos.

— Ah, da próxima vez invento alguma coisa para te fazer chorar, pelo menos não me deixa as costas roxas!

— OK, eu paro, mas podemos ir agora? Já são três horas!

— Ei, calma, daqui até Roma é só uma horinha, podemos chegar lá com calma... e eu ainda tenho umas coisinhas para fazer por aqui...

Estou ficando bastante preocupada. Mila me confiou a guarda dessa doida desvairada, por isso não posso deixá-la ir a Roma assim, de jeito nenhum. Ainda mais se Luca soubesse disso, sua filha indo a um show noturno acompanhada de um baixote quarentão, ele ficaria uma vara.

— Olha, não é que eu queira me meter, mas... — tento falar, mas ela logo me manda calar.

— Isso, ótimo, não se meta! — diz, sem nem olhar para mim.

— Não, é que... talvez devêssemos avisar a Mila que você quer ir a Roma... —, faço uma tentativa.

— Ouça, mas quem é você? O que você quer de mim? Eu nem te conheço! E eu tenho certeza de que você é da polícia! — berra na minha orelha.

— Mas que polícia o quê... —, digo isso sorrindo para o baixote, que já me olha torto. — Desculpe-me, mas posso falar com você ali dentro, um instantinho? — digo a Ferry. — Preciso esclarecer umas coisinhas.

— Você não vai a parte alguma! Ali é o meu quarto e você está proibida de entrar ali, está claro? — diz ela, sacudindo meus ombros.

Ferry finalmente percebe que deve intervir e a agarra por trás tentando acalmá-la. Ainda bem que ele tem certa autoridade sobre esse monstrinho.

— Vamos, pequena, entre aí, eu volto logo — diz ele, mais irresistível que Lucio Battisti.*

Ela esboça uma reação mas depois olha para os ingressos e tem quase uma iluminação.

— Ó Deus, que roupa eu coloco? — pergunta, enfiando-se no seu quarto e começando a tirar seus vestidos do armário. — Não tenho nada muito elegante, droga... Quem sabe aquela minissaia da Mila, que nós demos de presente para ela o ano passado...

— Isso, se arrume, garota —, diz ele, enquanto a pequena fera fecha a porta na cara de nós dois.

— Então, o que você tem pra me dizer? — me pergunta o baixote, arrumando os óculos com um gesto à Jean Gabin.

— Bem, sabe, eu queria esclarecer por que estou aqui e...

— Sim, e então? — diz, bruscamente.

— Olha, sou a mulher do Luca, eu me encontrei com Mila ontem no hospital.

---

* Um dos mais importantes compositores e cantores da música pop italiana. Nasceu em 1943 e morreu no fim da década de 1990. (N. do T.)

— Ah, sim, compreendo, ela me falou alguma coisa sobre o que aconteceu.

— Passei aqui hoje de manhã, justo na hora em que a polícia a levou embora. Não queria falar na frente da Dinda que Mila ligou e me disse que não voltaria esta noite e que me pediu pra cuidar de sua filha, você entende?

— Sim, entendo, mas pode ficar tranqüila, sempre levo Dinda pra passear em Roma, Mila sabe disso.

— Sim, certo, é que de todo modo eu estava gostando de ficar aqui com ela um pouco. Você entende, só ontem eu soube que ela era filha do Luca e ele nas condições em que está...

— Entendo, mas não se preocupe. Eu a trago de volta esta noite, e ela nem pode ficar comigo em Roma, sabe, tenho muita coisa pra fazer.

— Combinado, então eu vou visitar Luca no hospital e depois espero vocês aqui, à noite.

— OK, então até mais tarde —, diz, dando uma colherada no risoto gelado que eu tinha deixado em cima da mesa. — Nada mal —, diz, dando outra colherada.

— Então, o que você me diz? Você gosta? — pergunta Dinda, saindo de seu quarto com uma minissaia prateada, anos oitenta.

— Gatíssima, vamos — diz ele, colocando de volta os óculos escuros.

Ela, por sua vez, pega um casaco, enfia os fones de ouvido sem sequer olhar para mim e, num instante, já está do lado de fora.

— Posso levar? — diz ele, com a panela na mão, ainda cheia de risoto.

— Claro, eu já comi bastante.

— Bem, então tchau — diz, secamente.

— Desço com vocês, vou pra Áquila agora —, falo num tom afável, dando uma de boazinha.

Tranco a porta, sigo atrás deles e ouço a conversa deles enquanto descem as escadas.

— Não posso acreditar! Ciufoli em pessoa! — diz ela, saltitando.

— Sim, mas antes tenho de dar umas voltas —, diz Ferry.

— Ah, não! Mas que importância tem essas suas voltinhas! Quero chegar o mais cedo possível!

— Ei, a esta hora o *Netuno* nem abriu ainda... fique boazinha, tá, tenho um monte de coisinhas para entregar por aqui.

— Ai, que saco! Eu sabia que você ia me atrasar!

— Fique fria, não faz assim que você fica parecendo sua mãe!

— Não me compare com a mamãe! Não diga mais isso, entendeu? Não vou ser uma infeliz como ela, nunca!

Estão indo em direção ao carro dele, mas não me parece que ele esteja muito animado para guiar. Além disso, o que ele tem de entregar por essas bandas?

— Bem, tchau! —, me despeço dos dois, procurando chamar a atenção, mas eles, nada.

Dinda entra na Mercedes do baixote sem me dirigir a palavra. Ele me acena em resposta e desliza para o lugar do motorista, sem também proferir uma palavra sequer. Coloca a panela em cima do painel do carro e dá a partida.

Dou uma olhada nos bancos de trás e tomo um susto, vejo algo muito familiar. São as fotos de Piero Di Mezzo, aquelas das garotas seminuas com os números do celular escritos em vermelho nas margens. Aquelas que ele queria publicar no próximo número da *Modern Men*, desgraçado.

Arrepio-me toda só de pensar em ver uma foto de Dinda no meio dessas. E se eu conheço aquele cocainômano do Di Mezzo não duvido que esse Ferruccio seja um viciado ou um traficante, ou os dois ao mesmo tempo. Talvez seja isso que ele tenha de entregar: pó.

Sem pensar no que estou fazendo, começo a bater no capô do carro, ao mesmo tempo em que ele começa a andar.

— Ferruccio! Dinda! — grito com toda força que me resta.

O nanico freia de repente. Ninguém desce, mas pelo menos param. O baixote abaixa o vidro do lado de Dinda e me concede um breve colóquio, enquanto limpa o arroz que caiu em cima dele com a freada.

— Ouça, eu pensei... se vocês quiserem... eu poderia levar Dinda pra Roma agora, enquanto você dá as suas voltas. Esperamos você lá... quem sabe eu consiga um ingresso pra mim também...

Não sei como me veio uma idéia dessas, de assistir ao show de um napolitano chorão? Em todo caso, essa parece a única forma de livrá-la das garras dele agora. Dinda suspira alto mas não diz nada, porque está muito ansiosa para ficar perto do seu ídolo, seu Jesus Cristo na Terra.

Ele também não diz nada e fica olhando para ela.

— E então? —, insisto, pois não quero perdê-la de vista de novo.

— Está bem —, diz ela, erguendo os olhos para o céu, disposta a se submeter a tudo, incluindo minha companhia, para chegar o mais perto possível do seu ídolo.

— Você tem carro? pergunta, com um tom de desprezo na voz.

— Claro, ele está ali —, digo, apontando para o meu Fiat amarelo desbotado.

— Uff... que saco... —, bufa, arrastando-se para fora da Mercedes.

— Pelo menos consegue correr com esse carrinho cor de xixi? — me pergunta.

— Sim, você vai ver, daqui a uma hora...

— Então nos vemos mais tarde —, diz ele, me interrompendo e cantando os pneus do carro antes de sumir.

Estou de novo sozinha com a figurinha que vem bufando e arrastando as sapatilhas em direção ao meu carro.

Enquanto fecho a loja — putz, como pesa essa porta de ferro —, penso que foi uma sorte ter conseguido tirá-la dele. Com aquele olhar visguento, só pode ser um traficante, um terrorista ou coisa parecida. Vai saber que relações tem com Mila e principalmente com aquele viciado do Piero Di Mezzo. Essa coincidência me dá muito medo, sobretudo porque não confio nadinha nesse bajulador.

Até onde foi esta almazinha? Se já a arruinaram, pouca coisa resta a fazer. Gostaria tanto de despertar nela aquela parte do Luca que corre em suas veias. Ele gostaria disso também.

Abro primeiro a porta para ela, que já olha pra mim entediada, apoiada na tampa do motor.

— Temos de voar, certo? — me intima, com ar fascista.

— Sim, certo...

Com muita displicência, tira a minha Nikon do banco e a coloca no banco de trás para poder sentar-se. Atira também os rolos de filme e enquanto aterrissam lá trás lhe peço para que não destrua a máquina e que não abra os estojos para que as películas não apanhem luz, pelo amor de Deus.

— Você colocou o cinto? — pergunto retoricamente, porque vi que ela não tinha colocado.

— Deus, que saco isso! — diz "carinhosamente", esticando a faixa retrátil e a enganchando na presilha ao seu lado.

De uma coisa tenho certeza, esta viagem não será nada fácil.

Depois de uma hora não havíamos trocado uma palavra sequer. Permanece com os fones nos ouvidos a fazer seus exercícios de oratória. Olho para ela com o canto dos olhos para não dar bandeira e não irritá-la de novo. Ela olha para fora, repetindo as palavras que ouve no CD.

— A-çú-car, sa-bi-á, sa-bi-a...

Tem a nuca peluda como a de Luca. Os cabelos dele também parecem não terminar no pescoço, mas continuarem até os ombros. Espero que os dela terminem antes. De todo modo, um dia eu a ensinarei a depilar-se. Quem sabe, eu a leve a primeira vez que for a uma esteticista. Eu ensinarei a ela todas essas coisas de mulher e ela aos poucos irá se afeiçoando a mim e será mais simpática comigo.

Estou chateada de não ter ido ao hospital. Assim que eu conseguir me separar dela, por um segundo que seja, vou ao menos ligar para o hospital. Não quero que ela me ouça perguntando sobre ele ou mesmo mencionando seu nome. Depois descobre que sou a mulher do Luca e lá vem drama. Já não teve um pai ao seu lado durante a infância, quando Mila resolve apresentá-lo a ela, ele se encontra inconsciente num leito de hospital. Se descobre agora que eu sou a mulher dele, a outra família de Luca, Deus sabe o quanto ela vai me odiar!

Não será possível chamar o médico, mas a telefonista sentirá pena de mim e me dará alguma notícia sobre o Luca. Talvez possa me passar para aquela enfermeira gorducha, Bianca Annichiarico, ou para aquele outro enfermeiro intratável que trancou a porta da sala. Senti muito não ter passado por lá ao meio-dia, pode ter acontecido alguma coisa, movido um dedo, sem que eu estivesse por lá.

Mas, por outro lado, Luca escreveu no seu diário que gostaria que eu cuidasse dela, e sei que ele gostaria que eu estivesse aqui agora com ela, para protegê-la. Depois, Dinda é uma parte de Luca, aquela que daqui em diante irá respirar, viver, caminhar em seu lugar. Proteger essa almazinha é como proteger aquilo que restou dele.

Agora diminuo a velocidade para encontrar um lugar onde eu possa telefonar sem que ela me ouça.

— Bos-que, a-çú-car, o-no-ma-to-péi-co...

— Vamos parar um pouco?

— O que você disse? — retruca um pouco depois, tirando um dos fones para me ouvir.

— Você não quer ir ao banheiro ou comer alguma coisa, diga porque podemos parar num restaurante —, proponho a ela, colocando para fora aqueles dois miligramas de dom materno que guardo dentro de mim.

— Não preciso de nada —, diz, recolocando o fone e virando-se antipaticamente para o outro lado.

Eu imaginava que seria inútil qualquer tentativa de me comunicar com ela, mas precisava tentar. Tenho de me esforçar. Não deve ter sido fácil crescer junto da mãe anarquista rebelde, com aquele molusco narigudo rondando a casa e um pai preso num álbum de fotografia.

— Quem sabe um chocolate —, vira pra mim de repente.

— O quê?

— Disse que, se você parar, pode me trazer um chocolate. Mas o que há, você é surda?

— OK, assim que eu vir algum lugar eu paro —, respondo, procurando manter a calma, o que, devo admitir, com esses seus modos, não é nada fácil.

— Ei, mas por mim você não precisa parar! — diz, ainda enfezada, antes de recolocar os fones e recomeçar sua lição.

Noto agora uma marca em forma de pêra no dorso de sua mão, escura, igual àquela que Luca tem no braço. De repente me vem uma vontade de chorar, penso que seu braço agora está picado de agulhas, cheio de tubos e coisas do tipo.

Um mal-estar cresce dentro de mim e torço para encontrar logo um lugar para parar, esticar as pernas e respirar. Também as rugazinhas debaixo dos olhos são parecidas com as do pai. Quando ria, seus olhos riam primeiro que os lábios.

Finalmente, atrás de uma fileira de ciprestes, vejo um posto de gasolina. Mas não tem nem lanchonete nem restaurante, mas quem sabe ache um chocolate no caixa.

Faço a conversão e estaciono. Ela desce primeiro e eu aproveito para encher o tanque. Deixo a chave com o frentista e entro no bangalô onde fica o caixa. Caramelos, chicletes, balas, mas nada de chocolate.

— Tá bem, pode ser um Kinder Ovo —, ela diz, às minhas costas, pegando um do balcão.

Compro dois, por precaução.

— Tem certeza de que não quer mais alguma coisa —, pergunto, enquanto ela se afasta com os dois ovos nas mãos.

Faz que não com a cabeça e parece até sorrir. Mas talvez seja só imaginação minha. Até deixou os fones no carro.

Vejo que o frentista está vendo o óleo, limpando o pára-brisa. Está deixando meu carro novinho em folha. Agora chega um outro para calibrar os pneus. Talvez queiram impressionar os poucos clientes que conseguem chegar aqui para estimulá-los a voltar, pois não há nada por perto, um verdadeiro deserto.

Aproveito para tentar conversar com ela.

— Quer sentar ali enquanto eles terminam? — pergunto a ela, apontando para um banquinho de madeira meio acabado.

Não diz nada agora também, mas dá de ombros como se dissesse: "Tanto faz pra mim, vamos lá, pois não há nada pra fazer aqui mesmo".

— Quando eu era pequena, queria trabalhar num posto desses —, digo a ela, tentando despertar sua curiosidade. — Pra mim, parecia um trabalho para gente durona. Com essas mãos cheias de graxa e calos ninguém mexeria com você, eu pensava —, continuo, porque ela nem moveu a boca.

— Que desagradável, chegar em casa à noite toda suja.

— Tem razão, mas concorda comigo que é um trabalho de caubói? Quando tiram a mangueira da bomba, parece que estão sacando uma arma do coldre. Quando apertam a pistola da mangueira para sair a gasolina, parece que disparam um tiro, não? — pergunto, vendo que esse papo finalmente a fisgou.

— Ah, eu prefiro mais os trabalhos de mulher do que os de homem.

— Talvez fosse isso o que me atraía. Sempre fiz exatamente o contrário do que me diziam pra fazer. Nasci assim, para irritar os outros. Quando eu era pequena, fazia sempre o oposto do que minha mãe pedia para eu fazer, era instintivo. Quando ela dizia para eu tomar banho antes de ir para a escola, eu ia toda desarrumada, sem nem me pentear, de propósito.

Agora parece sorrir de verdade, finalmente lhe disse alguma coisa que a agradou. Algo com que se identificou.

— Quando eu era pequena não gostava de ninguém. Eu teria matado todo mundo. Até cheguei a perguntar a um mafioso napolitano, que morava num beco perto de casa, quanto custava uma arma —, continuo, tentando chocá-la, pois nada disso é verdade.

— Verdade? — me pergunta, excitada.

— Sim, separei um dinheirinho, mas na última hora amarelei.

— Minha mãe tem uma arma —, diz, candidamente, mordiscando o ovo de chocolate.

Fico gelada. Não digo nada, pois o assunto se tornou um tanto perigoso.

— Ela deixa debaixo do balcão para uma eventualidade. Acho que foram seus amigos terroristas que deram para ela.

— Ah, espero que nunca tenha usado.

— Mesmo que tenha usado jamais acertaria o alvo. Eles nunca conseguiram pegar ninguém.

— Menos mal.

— Imagina que a última vez que tentaram, eles enviaram um pacote com uma bomba para o Primeiro-Ministro. Havia uma convenção do partido, mas em vez de ele receber o pacote, quem pegou foi a diretora, Goretti, aquela dos programas infantis, que todos amam. Eles acompanhavam tudo pela tevê. Eu fazia de conta que não via, fingindo estar fazendo a minha lição. Mas entendi muito bem que eles tinham fracassado de novo —, disse, sorrindo, com a boca suja de chocolate.

— É, eu me lembro que os jornais falaram sobre isso, alguns meses atrás —, disse, tentando ser sociável.

— Foi no final de agosto, estava um calorão —, diz, beliscando outro pedaço do ovo.

— Você não estava de férias?

— Quem disse que algum dia eu tive férias? Quando meu avô estava vivo, me levava para Rimini, onde eu ficava umas duas semanas. Mas depois que ele morreu, nunca mais viajei pra lá —, diz, tentando abrir com os dentes o invólucro de plástico que vem dentro do ovo.

— Você gosta do mar?

— Sim, mas a Mila só gosta de montanha. Sempre brigamos por causa disso. Ela quer que eu a acompanhe com as cordas, picaretas, mas eu não tenho a mínima vontade. Sinto vertigem, ainda por cima.

— Entendo bem isso... eu também tive um... namorado que adorava as montanhas e toda hora me obrigava a ir com ele. Eu o xingava tanto.

Agora ela dá uma bela risada. Deve conhecer bem essa situação. Naturalmente não conto a ela que estou falando de seu pai, mas me comove bastante falar da vida de nós dois.

— Sabe, uma vez que nós estávamos escalando, eu tropeçava nas pedras, mas ele gritava para eu ir em frente: "Vamos, coragem, preguiçosa! Mexa essas pernas! Mais rápido! Mais rápido!". E eu atrás, sem a menor vontade de chegar ao pico da montanha. Passada meia hora eu o encontrei morto de cansaço, encostado numa árvore, com os olhos vermelhos, completamente grogue por causa do esforço que tinha feito. Tive de levá-lo para baixo arrastando-o. No começo sempre dava uma de bom, mas se não fosse por mim, ia ficar pra sempre lá em cima!

— É, igual a Mila, no começo enche o saco da gente dizendo que é preciso andar depressa e depois de uma hora ela também começa a babar e a respirar como um cavalo de corrida —, me diz, toda alegrinha.

Sinto que finalmente a conquistei.

— Fica um segundo com minha mochila, preciso ir ao banheiro —, peço-lhe, livrando-me da bolsa de couro e sorrindo para ela, pois agora sinto que ficamos amigas.

— Tá bem, mas não se esqueça que temos de chegar a Roma o mais rápido possível.

— Não se preocupe que nós daremos um beijo no seu Ciufoli. Tenho certeza de que depois comeremos uma pizza com ele!

— Tomara! — exclama, dando aquele sorrisão para mim e enfiando ao mesmo tempo o segundo ovo, meio derretido, na boca.

Vou, mas ainda dou uma espiadinha nela. Está com um ar sonhador. Já se vê à mesa de um restaurante com seu mítico Ciufoli.

Peço a chave para o homem do caixa e dou uma volta no bangalô e me deparo com uma porta sujíssima, a única por ali. Os banheiros de posto de gasolina, sabe-se lá por quê, estão sempre imundos. Este em particular é verdadeiramente repugnante e tenho certeza de que não vê uma água sanitária desde que foi construído.

Toco a maçaneta com as pontas dos dedos. Penso em todas as bactérias que poderiam subir em mim através deles e resolvo puxar a manga da camisa até a palma da mão, como uma luva. Penso em todos os caminhoneiros que usaram esse lugar e me dá vontade de vomitar. Procuro fazer o xixi o mais rápido possível, sem respirar, e quase de pé.

Sinto subir uma ânsia de vômito, quando finalmente consigo abrir a porta e pular pra fora e olhar o céu, este sim com cara de limpo. Deixo aquela chave nojenta no balcão, pago tudo e caio fora em menos de dois segundos. Tomara que eu consiga agora também telefonar para o hospital.

Caminho em direção ao banquinho e noto que Dinda está inclinada para a frente, lendo algo. Percebe minha presença, vira-se e me olha com o semblante carregado, me medindo de cima a baixo. De soslaio. De uma hora pra outra ficou a cara daquela garota possuída pelo demônio de *O Exorcista*.

Ó meu Deus, ela encontrou o diário do Luca no bolso de fora da mochila.

— Por que você não me disse isso antes? — pergunta-me, furiosa, com uma voz tão alterada que parecia vir da garganta.

— O quê? — pergunto tentando acalmá-la com um olhar inocente.

— É você aquela idiota que levou meu pai embora! Mila me contou que ele tinha casado com uma cretina de Roma e por isso ele não quis ficar mais com a gente!

— Dinda! O que você está dizendo?! O Luca não sabia nada sobre você. Mila nunca contou a ele. Se soubesse que você existia, ele jamais teria abandonado você.

— Não acredito em você! Então por que você não me disse logo que era sua mulher? Você é uma mentirosa! Não acredito mais em você! — grita e joga minha bolsa e o diário no chão e sai correndo.

Preocupados, o caixa e os dois frentistas param seu trabalho e olham para mim desconfiados, tentando entender o que está acontecendo e pensando talvez em intervirem.

Dinda corre em direção à estrada onde os carros passam a toda velocidade. Pego minhas coisas mas minhas mãos tremem e tudo começa a cair, o que me obriga a abaixar-me para pegá-las.

— Dinda, pare! — grito, ainda de quatro.

— Vá embora! Não quero te ver nunca mais! É culpa sua eu nunca ter conhecido meu pai! Só vi ele agora que está meio morto e não posso mais falar com ele! Suma daqui! — grita, atravessando a estrada no meio daqueles carros a mil por hora.

Socorro! Tenho de alcançá-la logo.

Ela chega do outro lado da estrada, na direção de Roma, e começa a pedir carona.

— Fique longe, senão eu me jogo embaixo de um carro! — grita, roxa de raiva.

Ó meu Deus, desta vez ela fala sério. As veias do seu pescoço estão inchadas e seus olhos estão tão injetados que parecem que vão pular para fora.

— Você deixou seu discman no carro, vou pegar para você —, digo isso tentando recuperar a sua confiança.

— Suma daqui! Não quero nada com você!

Entro no carro, dou a partida e saio arrancando os pneus sob o olhar novamente apático dos frentistas. Faço um retorno de 180 graus e procuro chegar o mais perto possível dela. Mas nem bem acabo de fazer isso, vejo-a falando com um motorista de um Alfa Romeo que parou ao lado dela.

Está debruçada na janela do carro e por um segundo lembra uma prostituta mirim dizendo ao seu cliente o valor de seus serviços. Mas quando me vê encostando atrás, ela pula pra dentro do Alfa Romeo. Com uma guinada na direção ultrapasso os dois e breco na frente do carro, bloqueando o seu caminho.

Numa fração de segundo me penduro na porta do Alfa Romeo antes que ele ande de novo, machucando meus dedos.

— Ouça, é que a garota está comigo, acabamos de brigar mas sou eu a responsável por ela —, digo isso ao motorista, com cara feia.

— Suma! Vá embora! Não quero mais te ver! — Dinda grita em minha direção, cuspindo saliva na cara do motorista, que ficara no meio de nós duas.

— Mande-a descer agora, senão anoto o número de sua placa. Sou jornalista e posso te meter numa baita confusão. Não está vendo que ela é menor?

O tipo careca e balofo começa a suar, mas ainda mantém o pé no acelerador e o motor girando.

— Anda! Merda! Já te disse, anda! — Dinda grita no ouvido dele, tentando fazê-lo pisar no acelerador, empurrando seus joelhos.

— Ouça, garota, não quero confusão... se você não se incomoda, prefiro que desça... —, diz o careca, com uma voz fina, de criança.

Dinda não consegue controlar sua raiva e cospe-lhe na cara.

— Você me dá nojo! Todos vocês me dão nojo! Minha mãe é que tem razão em dizer que todos os homens são uns porcos! — grita na cara dele, abrindo a porta.

Não acabou ainda de descer e o careca arrancou, jogando-a no chão.

— Sua cretina! Te odeio! Não chega perto! — grita pra mim, de quatro no chão.

Percebo que machucou os joelhos quando aterrissou no piche áspero da estrada. Chego perto dela e vejo que está sangrando. Faz cara de dor, mas, orgulhosa, não solta um ai. Apanho uns lenços de papel da bolsa e me aproximo dela.

— Pegue.

— Não quero, suma!

Jogo os lenços na sua direção, mas ela toda orgulhosa nem olha para eles.

— Juro pra você que Luca não sabia da sua existência. Muito menos eu. Agora que sei, queria muito cuidar de você. Tenho certeza de que ele faria o mesmo —, digo, procurando ser o mais maternal possível.

Ela me olha de cara amarrada. Mas a expressão de ódio começa a desaparecer.

— Não acredito em você —, diz, ainda arfando.

— No que você não acredita? Que quero cuidar de você?

— Não acredito em nada do que você diz!

— Hoje queria ir ao hospital para ficar com Luca, mas preferi ir a Roma com você para te conhecer melhor. Por falar nisso, não acha melhor a gente correr? Já são quatro e meia —, digo isso para despertar-lhe um sentimento de urgência e uma necessidade maior que o dessa nossa discussão.

Diante do fator Ciufoli senta-se imediatamente, com cara de séria. Olha para seu relógio digital cheio de florzinhas azuis. Ainda não diz nada mas está se levantando.

— Eu tinha com quem ir, mas agora dependo de você! — diz, limpando-se e colocando um pouco de saliva no machucado do joelho com os lenços que lhe dei.

— Então, vamos? — pergunto, procurando sorrir para ela, mas depois do tanto que ela me xingou é difícil que saia muito natural.

Enquanto me dirijo para o carro, verificando se ela está me seguindo, penso o quanto as crianças são frágeis, mas o quanto se impõem em nossas vidas, quanto exigem de nós pelo simples fato de sermos adultos e termos de fazer tudo para elas. É como se a infância, a adolescência, a inexperiência gritassem dentro delas: "eu não sei nada dos males do mundo, não entendo ninguém, então você que conhece tudo isso tem de me proteger e cuidar de mim". Fazem uma pressão danada. E quem disse que nos dão algo em troca?

Para mim fica cada vez mais claro por que não quis ter filhos e por que nunca vou querer ter. Só com as poucas horas que estou passando com esta aqui, já estou completamente maluca.

Com o rabo do olho, vejo que está recolhendo suas coisas do chão e anda em direção ao carro com muita má vontade. Entro e vejo que ela senta ao meu lado, ainda contrariada.

— Não fale comigo porque não vou falar com você! — me avisa antes de partirmos.

E eu que machuquei minha mão para segurar o Alfa Romeo daquele careca. Por culpa dela ganhei uma mancha roxa e essa aí ainda se acha no direito de me tratar desse jeito. Começo a achar que não conseguiria conviver com uma criatura tão intragável e folgada como essa por mais de uma semana.

Se eu não consegui nem mesmo ter um gato, por medo de encontrá-lo entre os meus pés, de deixá-lo morrer de fome ou sepultado debaixo de suas fezes, imagina conviver com um ser humano de carne e osso.

Dinda colocou os fones de volta mas agora escuta tudo calada, sem repetir as palavras. O dia vai ficando mais nublado e tento ficar quieta também, pois qualquer coisa que eu disser pode revolver sua bile novamente.

Ou então a minha. Não tenho mesmo jeito para cuidar dos outros. Meu sonho é ficar tirando fotos e escrevendo artigos para os jornais, e pronto. Basta isso. No máximo posso dar uns beijinhos num bebê. Não é que eu me interesse tanto assim pelos adultos, mas essas garotas, Deus me livre delas! Essas criaturazinhas requerem cuidados, atenção, diploma de psicóloga para saber o que se passa na mente delas.

Eu gosto mesmo de ficar olhando, de retratar, congelar a vida por meio das imagens. Gosto do silêncio, de contemplar. Mas com uma criança na barra da saia como se pode ter cinco minutos de paz?

Só consegui cuidar do Luca, embora, falemos claramente, só ele controlava as despesas, e só ele ficava na fila do banco. Ele seria muito bom para essa pestinha, mas eu... eu puxei à minha mãe, ela também não me suportava. Ela me pôs no mundo só para segurar meu pai. E para ter certeza de que ele não fugiria, teve logo três.

Depois que o havia enjaulado, não via a hora que nós déssemos no pé, que eu me sustentasse sozinha para que não lhe faltasse dinheiro para suas viagens, seus livros, vestidos e cabeleireiro. Eu também não agüento cuidar de outros seres humanos. Só que, diferente dela, fui honesta em recusar-me a pôr no mundo filhos dos quais gostaria de me ver livre o quanto antes.

Muitas mulheres procriam para segurar um homem, para ter status, para encontrar alguma coisa para fazer sem ter de se esfolar para achar um trabalho lá fora na selva de pedra. E depois sacodem os bebês na cara dos seus maridos coagindo-os a sustentá-los.

Se em vez de criar outra matéria humana se ocupassem mais daquela já existente, haveria menos sofrimento no mundo. Em vez de produzir mais bocas para alimentar, deveríamos cuidar dos bebês abandonados, raquíticos, aqueles que sofrem em países em guerra ou submetidos a catástrofes naturais, aqueles que vivem sob ditaduras que os matam de fome.

Não viveríamos num mundo melhor?

Essas mães que se deixam seqüestrar pelos filhos, que param de trabalhar, no fundo, no fundo, são umas grandes egoístas. Acomodam-se em casa, com o berço, a televisão e ninguém pode lhes dizer nada. Tanto isso é verdade que mesmo quando elas os largam por aí, os enfiam numa máquina de lavar ou deixam recém-nascidos no acostamento das estradas, mesmo assim não se pode tocar nelas.

E, para se assegurarem dessa "intocabilidade", produzem mais dois ou três. Só dessa forma se tornam mais importantes para a família e para a sociedade. Aquilo que produz fora do leito nupcial não é nada perto de um belo bebê rechonchudo, com as bochechas vermelhas, vendendo saúde. E quem me diz que esses serezinhos inofensivos um dia não começarão a roubar, a matar, a traficar?

Muitos só estão aqui aguardando sua herança, para pegar tudo aquilo que você juntou com todo o seu esforço durante anos, máquinas fotográficas, material de alpinismo, carros etc.

Chegamos a Roma e só agora me cai a ficha que terei de ficar o resto da tarde e a noite atrás dessa peste que não está nem aí comigo.

E tudo isso por quê?

Porque dentro dela existe um pedacinho da única pessoa que amei na minha vida. Da única pessoa que não desprezou aquilo que fiz por ela e que não me cobrou nada por aquilo que fez por mim.

Mas quem me diz que ela seja de fato sua filha?

Até agora, tanto eu quanto Luca acreditamos unicamente na palavra de Mila. Bem que eu gostaria de fazer um belo teste de DNA, ah, como eu gostaria.

Eles copularam doze anos atrás mas por que teria sido justo ele a engravidá-la?

Tenho de conseguir surrupiar um daqueles lenços sujos de sangue que ela está espalhando tranqüilamente pelo meu carro como se este fosse uma lata de lixo. Aí eu os pego e levo imediatamente para o laboratório da Di Giovanardi, no meu prédio, para serem examinados junto com um fio de cabelo do Luca.

Atravessamos o centro histórico e meu plano agora me parece diabólico. Eu a largo no *Netuno* e corro para o laboratório. Está certo que os olhos e os cabelos dela são praticamente idênticos aos dele. Sem falar no perfil.

— A-çú-car, se-re-no, ter-re-no —, entoa impassível, ressurgindo com sua ladainha fonética.

Se ela pronunciar mais uma vez a palavra "açúcar", eu arranco esses fones do ouvido dela e os jogo pela janela.

Mas como pode ser tão cretina?

— Não estamos no caminho certo —, diz, de repente, encarando-me mal-humorada.

— Você quer guiar? — provoco-a, já desistindo a essa altura de tornar-me sua amiga.

Experimentei ser boa e gentil mas ela continuou a me falar merda o tempo todo. Agora é guerra, garota. Você que pediu. Esta noite te devolvo para aquele batráquio e estou livre de vocês. Aposto que nem o Luca teria te agüentado.

Chego ao *Netuno* e paro o carro junto à calçada deserta. Ela me olha esperando alguma orientação, mas eu fico muda. Ela abre a porta devagar e faz menção de descer. Olha para mim desconfiada. Não é normal que eu não lhe dê ordens ou diga o que ela deve fazer.

Então, vendo-me calada, começa a descer. Um pouco indecisa sobre o que fazer, olha para trás e achando que são os lenços jogados pelo carro o motivo da minha ira, agacha-se para pegá-los.

— Não! — grito para ela, paralisando-a. — Deixe-os aí, este carro está um lixo mesmo, vou mandá-lo lavar agora.

Por causa do susto eu a fiz cair na calçada e ela não sabe se deve levantar-se e entrar de novo no carro ou deixar-me ir embora.

Então desço do carro e dou a volta para ajudá-la.

— Ouça, vou levar o carro para lavar e volto logo, você vai ficar a tarde toda sentada aqui, não? — pergunto a ela, que me olha nada convencida com a minha história.

Acena que sim com a cabeça, mas pela primeira vez parece chateada. Inesperadamente mais humana. Sinto um pouco de pena de deixá-la ali sozinha, mas quero pôr essa história em pratos limpos. Assumir uma adolescente assim sem ter certeza de que seja mesmo filha do Luca é coisa de doido varrido.

Afasta-se indo em direção ao portão de entrada, olhando para trás, quem sabe para verificar se eu não tenho mais nada para lhe dizer. Ela ficou sentida de eu ter ficado aborrecida com ela de repente. Mas devia ter se tocado disso antes e me tratado melhor. Faço sinal para ela ir e não se preocupar.

Procuro arrancar-lhe um sorriso mas na realidade só faço isso para fazê-la desaparecer e poder recolher um daqueles lenços que acabaram voando para a calçada e metê-los na minha bolsa, quando, ainda com a cabeça voltada pro chão, vejo suas sapatilhas no meu campo visual. Ergo-me e ela está na minha frente, olhando-me desconfiadíssima. É bem estranho mesmo me ver ali recolhendo aqueles lenços de papel impregnados de sangue.

— É... que... não gosto de sujar a rua... se todos jogassem essa porcariada no lixo viveríamos numa cidade mais limpa, certo? — digo-lhe com a voz trêmula, mas acho que ela percebeu muito bem que eu estava mentindo.

Em seguida, enfia a mão na bolsa dela e tira do envelope um dos ingressos que ganhou de presente do baixote.

— Sem isso, como você vai entrar? — diz, colocando-o em minha mão e se mandando em seguida.

Então me vejo sozinha como uma pata choca no meio da rua, com um ingresso para o Ciufoli entre os dedos. Parece que ela não é tão ruim quanto parece. É só ser um pouco durona com ela que ela logo abaixa a crista.

Entro novamente no carro e saio rasgando e pensando que não devo sentir culpa por fazer esse exame de DNA. É o mínimo que eu posso fazer numa situação dessas. É normal.

Entro em casa e me deparo com uma zona total. Acho que enquanto eu estive fora A Mãe ou minha irmã ou as duas ao mesmo tempo estiveram aqui.

Procuro uma escova, um pente, qualquer coisa com um pedaço do Luca grudado, mas depois me lembro que ele não se penteava fazia meses. As unhas, ele rói; onde com os diabos vou achar algum pedaço biológico dele por aqui?

Abro todos os armariozinhos do banheiro mas depois me vem uma luz: o barbeador e suas lâminas de barbear. Pego tudo e corro para o laboratório.

— Claro que um cabelo com raiz e tudo seria melhor, mas dá pra fazer assim mesmo. São duzentos e cinqüenta euros —, me diz a Di Giovanardi, que ontem tinha me visto só de lingerie berrando no meio da rua.

Tiro o talão de cheques da bolsa fingindo displicência pois nem aqui nem na China tenho todo esse dinheiro na minha conta. Enquanto assino com as mãos trêmulas, vejo que ela escreve a data de retirada do exame em cima do envelope onde está o material recolhido.

— Uma semana? Não dá pra saber antes? — exclamo, segurando o envelope.

Ela me olha desconfiada. Depois percebo que ela se dá conta da minha ansiedade e milagrosamente tem um gesto humanitário.

— Volte na segunda-feira, então. São necessários três dias pelo menos —, acrescenta, pegando o formulário de requisição.

Eu saio sem me despedir mas ela percebe que estou um pouco desorientada. Abro a porta do saguão do prédio e me apresso para voltar ao *Netuno*, mas dou de cara com A Mãe.

— Eu e sua irmã esperamos você por mais de duas horas ontem à noite! Enfia na sua cabeça que ela está muito mal, mas como você pode ser tão egoísta? Temos de encontrar um psicanalista para ela! E uma casa também, pois ela não pode mais viver com aquele maluco espancador! — grita, sem nem mesmo me dizer olá.

— Ouça, eu... devo voltar para Abruzzo. Luca sofreu um acidente horrível...

— O quê? Um acidente? Ó meu Deus! Mas o que você quer dizer com acidente? Tullia, me diga, por favor! Não me deixe assim, tão aflita —, berra tudo isso num fôlego só, sem me deixar falar.

Eu sabia que eu não devia dizer-lhe nada. Respiro fundo para encontrar forças, mas ela recomeça de novo a monologar.

— Tenho direito de saber! Sou sangue do teu sangue, entendeu? Não pode se livrar de mim!

— Se você me deixar falar um segundinho... —, resmungo inutilmente.

— Agora que está sofrendo você sabe o que é precisar da família, né? Mas olha, querida, família não existe só para pedir mas também para dar! Quando você entender isso será tarde demais! Você estará sozinha! Depois não venha chorar nos meus ombros, hein? — continua ela, imperturbável, sem me deixar dizer uma palavra, pois na verdade ela está pouco se lixando com o que aconteceu com o Luca.

— Está bem, concordo, mas agora tenho de ir, mais tarde te conto tudo, certo? — digo, tentando me livrar dela.

— Tullia! Espere, não finja que não está sofrendo! Desabafe! Me use! — grita pra mim, agarrando-se ao meu casaco e procurando iniciar uma sessão psicanalítica no meio da calçada.

Devo me pôr a salvo logo, chegar ao carro o quanto antes. Tiro o casaco, que fica pendurado nas mãos dela. Assim que eu consigo fechar a porta, ela se empoleira atrás do carro, com as palmas das mãos espalmadas no pára-brisa traseiro, como num filme de Hitchcock.

— Pare, sou sua mãe! Eu conheço mais você do que você mesma! Só eu posso cuidar de você e te ajudar a cicatrizar essa dor! Deixe eu te abraçar! Te consolar! — ela grita, batendo no vidro de trás do carro em movimento.

Vejo-a pelo retrovisor correndo atrás de mim. Espero que o farol não feche. Passo no amarelo e entro em uma travessinha cheia de carros. Misturo-me à selva de automóveis e agora sinto que me livrei dela.

Acho que se eu não tivesse de fugir da minha mãe talvez eu não fugisse da idéia de me tornar uma. No fundo é o pavor que tenho dela que me faz ter pavor das mães em geral, da possibilidade de eu mesma virar uma. Não quero magoar nenhum filho mais do que me magoaram.

É muito fantasmagórico pensar em me ver dando socos no carro de minha filha, quando seu marido está em coma num hospital. É terrível ver um pai praticar ações que você condena, que vão contra seus princípios. Os pais são o exemplo supremo, o ser perfeito porque são os primeiros seres que apareceram diante dos nossos olhos. E depois os pais são heróis para os seus filhos, a pessoa mais justa e inteligente do mundo. Ter uma criança que te ouve sem pestanejar é uma tentação muito forte, um ouvinte puro, ingênuo, pronto para acreditar em tudo o que você diz. Quando isso acontece em nossas vidas? Quando acontecerá de novo?

Assim, a criança cresce idealizando os seus pais. Mas de repente você os vê destruir uma televisão, arremessar um abajur, brigar, berrar e xingar feito loucos. Isso te leva a perder a confiança neles, o que significa perdê-la em relação a toda espécie humana.

E depois se a gente não se separa deles, quando crescemos, eles se tornam uma parte da gente e nós passamos a nos comportar como eles. É uma relação esquizofrênica, entre o amor que sentimos por eles e o horror que sentimos de suas ações.

É insuportável.

Sim, eles nos carregaram no colo. Sentir o cheiro deles é como sentir o cheiro da casa onde crescemos. Só que, além disso, ouvimos de novo e continuamente os gritos de nossa mãe enquanto nosso pai batia nela.

É um cheiro que traz ternura e terror ao mesmo tempo.

Estaciono na frente do *Netuno* e fico pensando que uma família assim é algo muito pesado e sufocante. Isso nos faz achar que nosso nascimento foi um erro, que desde o início a nossa vida é um pesadelo e que por isso, vindo de onde viemos, só teremos paz quando conseguirmos viver à nossa própria custa. Somos massacrados pelas brigas, gritos e, mesmo se a gente não quiser, eles nos botam para fora um dia.

E quanto a mim, pelo amor de Deus, esmagar uma criaturinha indefesa desse jeito, nem morta. Tomara que Dinda não seja filha de Luca, assim volto a Áquila para cuidar dele e ponho um ponto final nessa história de maternidade.

Quero ficar junto do Luca e só.

A lembrança do amor que tinha por mim permanecerá vivo mais do que qualquer outro amor eventual que seguramente seria desastroso. Luca é a única pessoa ao lado da qual jamais me senti agredida, enganada, chantageada. E nunca mais alguém me amará assim.

Como ele estará agora? Será que mexeu pelo menos um músculo, uma sobrancelha, um braço?

Entro e vejo luzes estroboscópicas em volta de todo o salão. Vejo o palco lá no fundo, ainda vazio e, perto dele, cada centimetrozinho já está repleto de corpos adolescentes que se agitam. Principalmente garotas seminuas. A trilha sonora do galã napolitano toca a todo volume criando a expectativa de sua chegada, quando cantará ao vivo.

Todos estão bastante agitados, há meninas também nas mesas, nos balcões. Movem-se jogando beijinhos por todos os lados e se deixando fotografar por uma penca de fotógrafos.

Não acredito no que meus olhos vêem, uma delas, em cima do balcão do bar, parece a Dinda, só que com muito menos roupa. Mas o que me dá calafrios é o fato de ela se deixar clicar por um fotógrafo de tablóide, nojento. Vou chegando perto dando cotoveladas nos corpos à direita e à esquerda. Com ódio, derrubo qualquer um. As garotas, na euforia, nem se dão conta do que está acontecendo, pensam que é uma brincadeira. De fato, embora acabemos todos em decúbito dorsal, giramos na horizontal como uma enceradeira.

Continuo firme no meu caminho. Estou tão enfurecida que não acharia ruim trocar uns socos com alguém. Subo no balcão e avanço de quatro na direção da doidivanas. Derrubo uns copos e um barman grita alguma coisa para mim. De repente, me levanto e estou em cima dela. Agarro seus ombros e começo a gritar com ela, igual A Mãe tinha feito comigo minutos atrás.

— Mas que está fazendo aqui em cima, cacete? Põe sua roupa já, entendeu? — grito para ela em meio às luzes estroboscópicas, dando-lhe um empurrão para fazê-la descer mais rápido.

Depois me viro e, assustada como tivesse visto um marciano, reconheço Piero Di Mezzo, ele mesmo, era ele o fotógrafo que clicava Dinda em cima do balcão. Provavelmente enquadrando sua calcinha. Usa um chapéu de abas largas. Talvez pense que seja a reencarnação do Fellini ou de um pintor impressionista francês.

— E você, que merda está fazendo aqui? — grito para ele de cima do balcão.

— Estou cuidando da matéria que você abandonou. Você já se esqueceu que a passou pra mim ontem? Estou limpando uma cagada sua e você nem me agradece, queridinha —, diz, enquanto recomeça a fotografar, agora uma garota magrela, seminua também.

Percebo que Dinda está correndo no meio da multidão. Para não perdê-la deixo esse desgraçado de lado um segundo e salto do balcão como se fosse a Mulher Maravilha.

Caminho como se estivesse ceifando um campo de trigo. A cada dois passos avanço à direita e à esquerda pelo menos cinco metros. Então, perto da entrada, consigo finalmente apanhar a pestinha por trás. Ela ainda está apavorada com os gritos que dei.

— Mas que merda você está fazendo pelada? Está louca? — estrilo enquanto ela escapa de mim novamente.

Finalmente vamos para fora, longe daquele bordel de luzes esfumaçadas.

— Eu que digo que merda você está fazendo? Não disse pra você me deixar em paz? Você é uma demente igual a minha mãe! E depois eu não sou sua filha, entendeu?

— Graças a Deus que não é! — me ouve dizer isso enquanto dou-lhe uma bela bofetada no rosto.

Não sei como isso foi acontecer. Talvez tenha sido culpa dos berros da Mãe ou do barman lá dentro. Nem tenho tempo de me desculpar, ela com a mão na bochecha vermelha foge, desaparecendo no meio da fila de garotas na bilheteria.

Eu a estou perdendo de vista, ao mesmo tempo que vejo a sombra de alguém que chama a minha atenção. Baixote. Narigudo. É ele. É Ferry em pessoa, ao lado da Mercedes, que conversa com aquele asqueroso do Di Mezzo. Estão trocando alguma coisa de forma suspeita. Tiro da bolsa a minha Nikon e miro minha objetiva na direção deles como se fosse um trinta e oito pronto para disparar.

Escondo-me atrás de um contêiner de lixo e descarrego meus flashes em cima deles. Eles percebem as luzes e colocam tudo de volta numa bolsa. Ficam brancos como a neve. Ferry olha pro céu achando que são relâmpagos, Piero, ao contrário, olha em volta e eu me encolho ainda mais atrás do contêiner imundo, o que acaba me deixando toda suja.

Não vendo ninguém e achando que são as luzes da pista de dança, acalmam-se e recomeçam o tráfico. Mas Ferry com um olhar ardiloso faz um sinal para Di Mezzo segui-lo até um lugar mais escondido. Eu chego mais perto e disparo outro flash meio de lado, que não sei se pegou algo.

Estou disposta a segui-los até o inferno, quando percebo que o baixote deixou a porta do carro aberta. Pondero alguns segundos mas a tentação é mais forte e me aproximo devagar, à la Sherlock Holmes. Se eu pudesse encontrar alguma prova para prender esse porco: envelopes de cocaína, fotos pornográficas de menores. Com aquela cara, é capaz de ter um site de bebês prostitutas.

Antes de tudo tiro boas fotos da Mercedes mostrando a chapa pois essa é uma boa forma de conseguir agarrá-lo. Contornando o carro, quase de quatro, olhando para os dois lados, alcanço a porta da frente e abro a de trás. Escorrego pra dentro como um peixe, procurando me esconder no buraco embaixo do banco traseiro. Deslizando, bato o focinho em alguma coisa pontuda e gelada. Afasto-me um pouco e dou de cara com um verdadeiro arsenal: fuzis, pistolas, cartuchos.

Além de cocaína e prostituição, o baixote trafica armas, Deus do céu. Esse negócio é coisa grande, penso enquanto disparo um monte de fotos. Sinto-me como o detetive Columbo[*], ao mesmo tempo que me vêm um monte de perguntas na cabeça. Tento responder algumas pelo menos.

O que esse batráquio faz com tantas armas? Vende-as para Mila que as repassa para seus amigos terroristas? Ou eles dão para ele, em troca de pó?

Enquanto tento acalmar minha mente, que está a mil por hora, vejo duas sombras se aproximando. Tão próximas que não dá para eu sair do carro.

Ó Deus, chegaram. São eles. Estão cada vez mais perto. Encolho-me o que posso atrás do banco, bem no meio das armas. Di Mezzo despede-se do baixinho deixando-o com Dinda, que ainda está atordoada.

Ferry acena para ela entrar no carro enquanto se senta no banco do motorista.

— Você não tem idéia do que aquela idiota me fez! Olha! — diz isso chorando, mostrando-lhe o lado onde eu a acertei.

Procuro fechar a porta de trás antes que ele o faça. Se ele se vira só por um segundo, com certeza ele me vê e dá-lhe porrada.

— Entendo, mas agora fica calma porque temos mais o que fazer. Pode deixar que eu acerto com ela —, diz Ferry, pegando alguma coisa do porta-luvas e roçando as coxas dela.

---

[*] Protagonista de uma série da TV americana, estrelada pelo ator Peter Falk. Foi exibida no Brasil e na Itália na década de 1980. (N. do A.)

— Aquela idiota! Além de ter tirado meu pai de mim todos esses anos, agora quer me controlar, mas que merda é essa? Filha-da-puta! — continua ela. Se esse dois me flagrarem aqui atrás, eles me fazem em pedacinhos.

— Bem, agora esconde isso e vende pra mim. Depois lá pelas nove horas deverá chegar aquele cara do canal 29 que eu queria te apresentar. Ele confia em mim, dessa vez estou te colocando à prova —, enquanto diz isso, coloca em sua mão os envelopes e enfia a outra mão no meio de suas pernas.

— Ei! Olha que é a primeira vez que eu faço isso! — diz, tirando a mão dele de suas coxas, fazendo menção de sair.

— Onde você pensa que vai? Não vai me dar um beijinho? — diz Ferry, agarrando-a.

O baixote tenta grudar no pescoço dela como uma sanguessuga. Seu nariz é tão pontudo e proeminente que parece bater em algo antes de atingir seu alvo. No choque parece dobrar-se para baixo, tocando no queixo.

— Mas que diabo está fazendo? Sai, me larga! —, faz Dinda, procurando livrar-se dele.

Os dois continuam naquele corpo a corpo e estou com o coração na boca, pois se eles forem um pouco para trás me pegam com a boca na botija. Finalmente Dinda consegue se desprender dele e abrir a porta, voando para fora.

— Ah! Você me lambuzou toda! Agora chega com essas frescuras! — diz ainda, se arrumando.

Aproveito a confusão para cair fora também. Quando Ferry se dá conta da minha presença já é muito tarde. Dou a volta e o enquadro, postada na frente do carro.

— Mas que merda é essa? — mal ele balbucia essas palavras, descarrego uma bateria de flashes em sua cara, procurando pegar também a garota e as armas atrás dele.

— Isso vai te pôr no xadrez além do tráfico de drogas e armas, também por aliciamento de menores —, digo a ele.

Tanto barulho por Tullia 121

Ele está furioso e procura cobrir o rosto com as mãos, embora o nariz fique para fora, como era de se esperar. Depois, sem conseguir se esconder, sai do carro e tenta arrancar-me a máquina.

Dinda no meio da escuridão e sob os disparos dos flashes não me reconhece. Percebe que a situação ficou preta e decide dar no pé.

— Me dá essa máquina! Que merda você pretende fazer? Então você é mesmo da polícia! —grita ele, que ao contrário de Dinda tinha me reconhecido.

Aproxima-se de mim procurando me pegar, mas está cego por causa das luzes que disparei na sua cara, por isso parece estar caçando moscas e não a mim. Um cego meio bêbado, que não pára de dar golpes a esmo no ar. Apesar disso chega perto de mim, quando as garotas que estavam na fila da bilheteria, atraídas pelos flashes, aproximam-se curiosas. Fazem um alvoroço à nossa volta.

— Mas o que está acontecendo? — pergunta uma delas no escuro.

— Quem é ele? Um ator famoso? — faz eco uma outra, que também não está enxergando nada.

— Não, é ele! É ele mesmo! É o Ciufoli —, berra uma terceira, completamente histérica.

Ferry perde a paciência com toda essa confusão e corre para o carro, tentando ir embora. Um bando de garotas se pendura na janela do carro e ele consegue por um fio sair dali, cantando os pneus.

Correm atrás dele procurando agarrar pelo menos um pedaço do carro ou inalar um pouco da fumaça do seu escapamento.

— Não vá embora! Por favor! Dê um autógrafo pelo menos! — grita uma grandona, que havia se agarrado à maçaneta da porta traseira.

— Me leva com você! — grita a mais seminua, que agacha-se no chão, chorando de desespero.

— Ele é igual a todos os outros, eu sabia —, lamenta outra voltando para a fila.

— Mas aonde você vai, depois dessa você ainda vai comprar ingresso? Mas você não viu que ele foi embora? — diz pra essa última a grandona, massageando a mão, que havia machucado no carro.

Aos poucos o grupo se dispersou e eu, vitoriosa, aperto a Nikon no peito como se fosse um troféu. Sou muito fiel ao meu trabalho e fico plantada ao lado do meu carro indecisa entre ir direto à polícia ou correr para a redação, contar tudo ao Osvaldo e convencê-lo a publicar esse furo jornalístico.

Vai saber com quantos outros grupos terroristas ele mantém contato e o que mais está por trás disso. Entro no Fiat e penso em tanta coisa ao mesmo tempo que esqueço de pisar na embreagem jogando o carro para a frente na traseira de um carro zerinho, estacionado na minha frente.

Penso: com que tipo de gente essa menina tem vivido, meu Deus. Traficantes, terroristas, pedófilos. Por isso que ela não tem mais jeito. Na verdade já é uma degenerada como eles. Quem sabe não foi o grupo de Mila que assassinou aquele professor universitário o ano passado e o deputado europeu alguns meses atrás?

Meu Deus, que gente. São perigosos, se o baixote me pega é capaz de me matar, tenho certeza disso.

Chego à redação. Está tudo meio deserto por causa da hora. O pessoal já está indo embora. A luz do escritório do Osvaldo é a única que está acesa, vejo através das persianas. Precipito-me e entro sem bater.

— Osvaldo! Você tem de me ajudar! Tenho uma bomba nas mãos! Vamos até o laboratório! — digo a ele, fazendo sinal para me seguir até lá.

Ele estava conversando tranqüilamente ao telefone, com os pés em cima da mesa, e eu já tinha desaparecido antes que ele conseguisse me falar alguma coisa.

Entro na sala escura e ouço alguém me xingar. Deixei entrar luz lá dentro, o que vela os negativos.

— Mas que diabos está fazendo! Não leu a plaquinha lá fora de "ocupado"? — tomo uma bronca de um colega que não consigo distinguir naquelas trevas.

— Desculpe-me, mas é uma emergência, preciso revelar uns filmes já! —, digo reconhecendo o fotógrafo. Ele faz a coluna social de Roma.

— É um caso de tráfico de armas e droga, desculpe-me se te atrapalho mas é muito urgente, de verdade! —, digo isso a ele, que sai do laboratório.

A festa beneficente da condessa Del Perrocchio pode esperar o próximo número. E de fato, ele sai sem reclamar nada.

Começo o entediante processo de revelação, depois amplio as imagens. Sob a luz vermelha do laboratório a curva pontuda do nariz de Ferry desponta tanto que parece sair do papel.

Eis a chapa do carro, as armas, o tráfico de cocaína, no fundo vejo Dinda, cada vez mais criança, mesmo depois desse dia. Que vai da confusão de hoje à noite até seus colegas de classe durante a aula de educação física hoje de manhã.

Ó meu Deus, Dinda! No meio de toda essa confusão me esqueci dela. Para onde teria ido? Não creio que ela conheça alguém em Roma.

— E aí? Por que toda essa zona? Eu estava falando com os diretores da revista, em Milão. Mas você não estava em Áquila, não estava? E o Luca? Como ele está? — ele me metralha de perguntas enquanto espia os negativos.

— Luca? Luca está ligado a um monte de tubos, assim que eu terminar isso vou correndo pra lá. Antes quero me livrar dessa bomba. Me meti numa coisa maluca. Tenho medo até de sair dirigindo sozinha na rua. Me dá arrepios. Você está vendo esse baixote? É um traficante de cocaína mancomunado com teu caro Piero Di Mezzo. Ele lhe passa a cocaína e o Piero as fotos das garotas. Está vendo? Aqui estão as fotografias todas —, faço uma pausa e mostro todo o material a ele. — Eu ouvi tudo, fiquei escondida atrás do banco do carro. Ele também fornece armas para um grupo de terroristas. É uma história quentíssima. O que vamos fazer? — e mostro-lhe mais algumas fotos.

— Perfeito para uma primeira página. Escreva um artigo de três laudas. Trocamos a manchete, mas lembre que temos de mandar o material para a gráfica em duas horas, no máximo. A revista tem de estar nas bancas amanhã cedo — diz ele, saindo da sala.

Eu nem estou acreditando nisso. Nunca me aconteceu de estar envolvida numa coisa tão importante.

— É... eu já tinha percebido que esse Piero não era flor que se cheire —, diz ainda, antes de sair de vez.

Estou tão feliz que nem dou bola para essa sandice que ele acaba de dizer. Quando ele percebeu que esse Di Mezzo não era flor que se cheire? Ele é muito bom pra lá, muito bom pra cá. As mulheres não são capazes de fotografar bem, enquanto ele... Se eu tivesse um gravador na bolsa quando me tirou a matéria e a passou para ele...

Bem, de qualquer forma agora tenho de me acalmar e escrever o artigo, diagramar a página com os gráficos e tudo o mais. Espero conseguir pois tenho pouquíssimo tempo.

O mais incrível é ter me deixado escrever o artigo. Tenho de fazer um bom trabalho, quem sabe me deixa escrever mais vezes e quem sabe consigo mudar um pouco a cara dessa maldita revista para cafajestes. Se tudo der certo, vai ser a primeira vez na história da *Modern Men* que não terá uma garota na capa. É uma oportunidade de arrepiar, esperei isso a vida toda. Se Osvaldo me der liberdade, nem vou procurar outro periódico mais sério para trabalhar.

Enfio-me no meu cubículo e começo a digitar o texto o mais rápido possível. Logo depois, Osvaldo chega por trás de mim coloca a mão no meu ombro com ar paternal e encorajador.

— Parabéns, Tullia, você fez um ótimo trabalho. Avisei a polícia também, já passei para eles o número da placa do traficante e provavelmente te chamarão para depor —, diz, massageando meu pescoço duro como pedra por causa de todo esse estresse.

Emocionada, escorre uma lágrima dos meus olhos. Não é pela doçura inesperada do chefe. É que me lembrei das massagens e cafunés que o Luca me fazia. Agora suas mãos estão imobilizadas no hospital e talvez nunca mais irão me acariciar. Não vejo a hora de acabar com isso e correr para vê-lo.

Para inspirar-me e escrever mais depressa encaro o narigão saliente da foto. Mas meus olhos acabam caindo sempre na garota. Estou preocupada por tê-la deixado sozinha numa cidade que mal conhece. Espero que não aconteça nada de mau com ela.

Osvaldo permaneceu por ali. Anda por trás de mim e de quando em quando verifica a massa de palavras no monitor do meu computador.

— Depois tenho de te falar uma coisa. Mas com calma. Quando tiver acabado —, me diz de repente, parando ao meu lado enquanto digito freneticamente em meu teclado.

— Fale, fale, sou toda ouvidos. Não se preocupe, estou acostumada a fazer duas coisas ao mesmo tempo —, digo, pois ele me deixou muito curiosa.

Então vejo que ele pega um banco alto e se aproxima da minha mesa, sentando-se.

— Bem, veja, agora que Di Mezzo será despedido precisaremos de outro vice-diretor e pensei que você... era sobre isso que eu falava com os chefes lá de Milão... Naturalmente desde que você não envolva o nome do Di Mezzo nessa história, nem no artigo nem com a polícia... Sabe... não gostaria de passar por um diretor que aceita traficantes de droga... e depois... ninguém conhece essa revista melhor do que você. São sete anos que você dá o sangue aqui dentro. Em suma, eu já indiquei seu nome. Vão te chamar.

Meus dedos ficam imobilizados sobre o teclado, completamente enrijecidos como os de um cadáver. Tenho de virar a cabeça e olhá-lo nos olhos para ter certeza de que ele não está brincando. Só se chega à verdade olhando no fundo dos olhos de alguém, jamais pelas palavras que saem de sua boca.

Faço isso então, com um esforço enorme porque meu pescoço está completamente encarquilhado por causa de todas essas peripécias. Viro-me e olho bem para ele, sentado naquela banqueta maior do que ele, cujos pés não alcançam o chão.

— Mas o que você está dizendo? Que vai me dar o cargo de vice-diretora da revista, de verdade? — pergunto-lhe, suando frio.

Ele faz que sim com a cabeça, sem mudar sua expressão ou acrescentar uma vogal ou consoante inúteis. Os seus olhinhos míopes atrás das lentes grossas dos óculos me encaram fixo, não desviam dos meus, não se fecham tentando me esconder algo. Estão me dizendo que agora posso confiar neles, isso que acabou de sair de sua boca é absolutamente verdade. E então tenho certeza de que está falando a verdade.

É verdade que ele está me pedindo, sejamos honestos, para livrar a cara dele não mencionando o nome do seu Piero Di Mezzo no artigo. Contudo poderia ter me oferecido algum dinheiro ou uma viagem como prêmio evitando me oferecer um cargo dessa importância.

Estou tão feliz que gostaria de abraçá-lo, embora, depois de todos esses anos brigando, não me parece que isso seja compatível com nossa história. Consigo só balbuciar um obrigado, mas muito, muito baixo. Jamais imaginaria que eu diria essa palavra tendo em vista os infortúnios por que tenho passado ultimamente.

— Agora, rápido com isso que daqui a meia hora temos de ir para a gráfica —, diz, pulando da banqueta e deixando-me sozinha para terminar o artigo.

Melhor assim, pois no que ele desaparece meus dedos recomeçam a mexer-se como loucos, enquanto caem dos meus olhos não uma lagrimazinha, mas uma enxurrada delas. Se Luca estivesse aqui poderia contar para ele. Por telefone mesmo. "Alô, Luca! Você não vai acreditar nisso! Sabe o que aconteceu? Me deram a vice-diretoria da revista, Jesus Cristo!"

Imagino o quanto ele ficaria feliz. Festejaríamos nos beijando e pulando, como sempre fazemos nessas ocasiões especiais. Triste, pois justo agora que aparece uma boa notícia, ele não pode escutá-la.

De todo modo, logo depois o artigo está pronto, com nomes, fatos, números de telefone e de placas de carro. Sinto ainda a presença de Osvaldo vibrando atrás de mim. Por pouco não coloco de lado as nossas divergências históricas e dou um abraço nesse chefe um tanto cínico, mas no fundo, no fundo, de coração mole.

Viro-me e estou para abraçá-lo quando em vez de Osvaldo me aparece Mila, na minha frente, a uma distância de menos de dez centímetros da minha cara. Está muito nervosa e ofegante, aspirando todo oxigênio à sua volta, como se o da redação não fosse suficiente para irrigar não só os seus pulmões como seu cérebro, que está pegando fogo a olhos vistos.

— Ah, oi, Mila, como vai? — cumprimento-a calmamente, pois já percebi que ela está furiosa.

— Cadê a Dinda? — me pergunta lacônica e intimidatoriamente.

— Ouça, é... nós brigamos, agora tenho de terminar esse trabalho e depois vamos procurá-la juntas, certo?

— Procurá-la? Por quê? Você não sabe onde ela está? Eu a deixei com você, não se lembra? Onde você acha que ela está a uma hora dessas, em uma cidade que não conhece, repleta de malucos? — grita, chamando a atenção das pessoas que ainda estavam por ali.

— Você tem razão, mas a verdade é que tive uma emergência e...

Nem me deixa terminar e começa a socar a minha mesa. Joga tudo para o alto, fotos de Ferry, da Dinda, os meus livros, os meus papéis amontoados ali há séculos. Milagrosamente apanho o CD em que está o artigo, que estava para ser estraçalhado.

— Estou na condicional. Amanhã de manhã devo estar no quartel! Como acha que posso encontrá-la agora? Se ficam sabendo que ela está perdida, tiram-na de mim, colocam-na numa instituição para menores, tenho certeza! Você é mesmo uma estúpida! Como Luca! Já não cuidaram dela todos esses anos! E agora não consegue cuidar dela nem por um dia?

— Mila, calma, por favor. Olha, talvez ela esteja ainda no *Netuno*, ou entrou no carro de Ferry, você sabe onde ele mora?

— Já falei com ele e ele não sabe de nada. Ou melhor, ele me disse que você deu um tapa na cara dela! — diz isso, virando-se de costas e caindo fora.

Os poucos colegas se aproximaram de mim e até o Osvaldo saiu do seu escritório.

— Mas o que está acontecendo? Quem era aquela?

— Não é nada, depois te explico. Olha aqui, o artigo está pronto. Eu tenho de ir agora —, digo para ele, colocando o CD na sua mão e juntando minhas coisas para me mandar.

— Tullia, não pode me deixar agora, temos de fazer a capa. É a chance que você mais esperava na vida! — continua ele, tentando me impedir de sair.

— O pessoal da arte é muito bom, eles darão conta do recado mesmo sem mim. Agora me desculpe, mas tenho mesmo de ir —, digo isso, me esquivando dele e desaparecendo.

— Tullia, não pode me largar aqui, sua filha-da-puta! — ele grita, com as veias do pescoço saltadas, voltando a ser o cão raivoso de sempre.

Eu estava estranhando mesmo toda aquela doçura. Fico quieta e aguardo o elevador para tentar alcançar Mila. Os poucos colegas que ficaram se juntaram à minha volta e me olhavam todos de boca aberta, pois ninguém jamais se permitiu falar assim com o chefe, sobretudo um chefe que quer te nomear vice-chefe. Desapareço entre seus olhares de admiração.

Assim que atravessei a porta giratória do edifício, olho para todos os lados, mas nem sinal de Mila. Entro no carro e penso se Osvaldo vai repensar sobre o caso e retirar sua proposta, mas agora tenho de encontrar Dinda de qualquer jeito, pelo amor de Deus.

Rondo o *Netuno* como um tubarão, com uma garrafa de refrigerante na mão. Mas a essa hora está tudo deserto. Volto para o carro e ando por todas as ruas vizinhas, contornando prédios grandes e pequenos. Em que outra confusão ela pode ter se metido?

Joguei suas fotos no banco e me sobe uma onda de arrependimento no peito pelo modo como a tratei. Como pude ser tão cruel, achar que é sua culpa ser tão insuportável? Sou mesmo uma estúpida.

Ninguém aparece no nosso caminho por acaso. Ninguém faz isso a não ser para nos ensinar alguma coisa, mesmo que involuntariamente. As pessoas nos são enviadas do céu para nos explicar um pouco sobre um pedacinho de nós mesmos. E Dinda, em menos de um dia, me fez refletir e aprender mais sobre minha vida do que os dez anos que passei brigando na *Modern Men*.

Continuo andando pelas casas noturnas e acho que não só Mila me confiou Dinda como também o Luca, pelo que escreveu em seu diário, onde me pedia para cuidar dela e eu, em vez disso, só fiz merda.

Volto para casa, já é bem tarde e me jogo no mezanino, acabada. Estou desesperada. Olho ainda para a foto dela e acho que amanhã de manhã terei de ir à polícia de qualquer jeito. Tento me lembrar como eu era na sua idade. Se eu também sonhava casar-me com um compositor napolitano ou trabalhar na televisão como âncora.

Quando olho para trás me lembro só da gritaria e da pancadaria dos meus pais, e não consigo de maneira alguma encontrar a criança que eu fui. Coloco no travesseiro, do meu lado, o diário de Luca. Espero ouvir, senão sua voz, pelo menos os seus pensamentos saindo dali de dentro. Tocar em suas folhas é como tocar nele. Num braço seu, numa mão, numa ruga debaixo dos seus olhos sorridentes. Folheio de olhos fechados e sinto seu corpo, seu cheiro. Os seus pensamentos se transformam em pedacinhos dele, os quais vão se alojar debaixo de minhas unhas. É a coisa mais próxima dele que eu possuo nesse momento.

Depois abro os olhos novamente para ir à última página, suas últimas palavras, aquelas trêmulas que eu ainda não tive coragem de ler.

Caí aqui embaixo batendo em todos os lugares.
Minha cabeça está queimando. Está quente e banhada de sangue. A cadela, lambendo-a, me acordou.
Perdoa-me, Tullia.
Perdoa-me, Mila e você também, pequena Dinda que eu nem mesmo conheci. Vocês ainda precisavam de mim mas em vez disso eu vou abandoná-las.

Abro os olhos depois de dormir um tanto e sinto um peso no estômago. Não sei como consegui dormir, mesmo que só um pouco. Era tão forte o peso que quase me sufocou ontem à noite, quando eu procurava esquecer suas palavras. É sólido, está dentro das vísceras. Atazanou-me a noite toda.

Sinto-o na barriga, no esôfago, mas sobretudo no coração, e na garganta na forma de choro. Ensopei o travesseiro a noite inteira imaginando Luca estendido naquele chão gelado. Coberto de sangue. Ainda conseguiu recobrar os sentidos por alguns instantes depois da queda. Para escrever aquelas últimas linhas.

Quero voltar logo para Áquila. Não quero ficar nem mais um minuto longe dele. Ao diabo com a revista, o cargo de vice-diretora. Sem ele não sou ninguém. Sem ele perco o rumo a cada meia hora. Mesmo dormindo, é minha bússola.

— Alô, Mila! É Tullia. Desculpe-me te ligar tão cedo mas queria notícias de Dinda. Eu a procurei ontem à noite, mas... —, murmuro no celular, apanhando ao mesmo tempo umas coisas antes de partir.

— Voltou para San Loreto de ônibus, à noite. Agora trate de desaparecer de nossa vida, está claro? Não quero te ver nunca mais! — diz, curta e grossa, antes de desligar.

Fico com o celular pendurado na orelha por alguns segundos. Sinto um grande alívio e fico muito feliz por Dinda ter chegado bem em casa.

Mas agora tenho de digerir essa de não revê-la mais o que não é tão fácil assim. Permaneço ainda parada olhando as suas fotos e as coloco no meio do diário de Luca. Vejo num piscar de olhos toda minha infelicidade. Meu amor está num leito de hospital e o amor que eu poderia ter deixei escapar para sempre.

Mas de repente ouço a chave girar no buraco da fechadura, abrem-se as duas portas e Gioconda aparece.

Ai, minha mãe, tenho de arrumar isso aqui mas com toda essa confusão não tive tempo. Ela nem me cumprimenta, concentrada que está em perscrutar o lugar como um radar. Fica roxa num segundo. Os cantos da sua boca se enrijecem de tal modo que ela nem consegue falar. Respira fundo mas parece não expirar, só inalar. É como se o oxigênio que ela põe para dentro não saísse. A cada inspirada, ela incha, cada vez mais vermelha de raiva. Depois começa a escorrer o suor de suas têmporas, principalmente à vista do interfone que desmontei ontem à noite para não correr o risco de ser crucificada pela Mãe.

— Que horror. Que bagunça. Como você consegue viver assim? — diz, de certo modo recomeçando a emitir gás carbônico.

— Ouça, eu estava em Áquila... olha, Luca está... —, procuro me explicar mas ela nem me deixa terminar.

— Quero que você saia daqui hoje mesmo! Não quero ouvir mais nada! Nunca vi uma bagunça dessas! Você sabe muito bem como prezo minhas coisas e quanto eu gastei aqui dentro! Testemunhar esse desastre é como sentir-se violentada! Deixe a chave na minha caixa de correio até às oito horas da noite —, diz, virando as costas para mim e desaparecendo da minha vista e da sua quitinete.

— Não se preocupe, eu vou embora! — grito às suas costas esperando ser ouvida por ela.

Não sei o que fazer com uma amiga dessas que vem de cinco em cinco minutos à sua casa para verificar o estado dos móveis e todo o resto sem nem mesmo perguntar como você está ou se Luca ainda está vivo.

E estava mesmo na hora de levantar acampamento e cair fora desse buraco. Estou cansada de gastar minhas energias polindo o chão para deixá-lo cintilante, em vez de sair por aí fotografando, escrevendo artigos, ou, melhor ainda, vivendo decentemente.

Ao menos essa tragédia com o Luca me ensinou a ver nossas prioridades. Ele está em primeiro lugar e, em segundo, tudo menos o desgraçado desse imóvel estilo Ikea.

Tiro do armário as mochilas de alpinista de Luca e meto seus trecos dentro delas. Sorte que temos pouca coisa. Jamais acumulamos muita coisa por falta, claro, de espaço. Os livros, que são poucos, coloco-os nas caixas de água mineral, e na grande mochila verde enfio as roupas, as picaretas e os mapas de Luca.

Não preciso de muito espaço para as minhas coisas, pego um saco de lixo, de duzentos litros, e enfio todas as minhas roupas nele. Abro outro saco e jogo meus sapatos dentro.

Carrego tudo para o carro, e coloco nos bancos, porta-malas e no rack que Luca pôs em cima do carro. Amarro tudo na estrutura de ferro do rack e passo uma fita adesiva em todos os pacotes. Principalmente naqueles mais firmes e mais bem embrulhados. Deixo os mais frágeis e desarrumados dentro do carro.

Em menos de meia-hora, estou pronta para deixar as chaves na caixa de correio dela quando percebo que há uma correspondência na nossa caixa, dois boletos e um envelope com o logo do laboratório da Di Giovanardi.

Será que já é o resultado do teste? Ela tinha dito que ficaria pronto só na próxima segunda-feira. Sempre achei que a Giovanardi não era completamente antipática. Entendeu que era uma emergência. Quase entro no apartamento dela para beijá-la por ter sido tão gentil comigo.

Abro o envelope e é isso mesmo. É o resultado do exame. Está escrito em letras bem grandes: NEGATIVO. Meu coração vem parar na boca e o sinto pulsar no corpo inteiro, dos pés a cabeça. Apesar de minha ignorância em matéria de exames médicos, não parece que nesse caso haja possibilidade de equívoco. Mas para ter certeza vou ao laboratório esclarecer isso.

— Desculpe-me, mas o que significa isso? Que o DNA dos dois não é o mesmo? — pergunto a Di Giovanardi, que nesse instante está conversando com outro cliente.

— Que outra coisa poderia significar? — retruca, voltando a falar com o cliente que deseja fazer um exame de colesterol porque suas taxas são bem altas.

Não a incomodo mais e saio à rua sem saber direito o que fazer com isso. Só de uma coisa tenho certeza: sinto uma enorme vontade de vomitar. Então não é verdade que Dinda é filha de Luca. Justo agora que eu queria ir falar com ela, convidá-la a morar comigo se ela quisesse.

Mas o que passa pela cabeça daquela Mila para jogar nas nossas costas essa bomba sem nem mesmo estar segura de quem a engravidou? Com a cabecinha que ela tem, é capaz mesmo de não saber.

Mas não gosto disso, droga. Queria tanto encontrar uns pedacinhos do Luca ainda vivos, caminhando, falando, que me afeiçoei àquela peste. Vi as rugazinhas do Luca no canto dos olhos dela, a sua cabeleira caindo até os ombros, o seu perfil de porco-espinho, as unhas levantadas.

Mas, na verdade, Luca não estava dentro dela.

■ ■ ■

Entro na *Fredo* e vou até o banheiro para vomitar, pois tive de enfiar essa notícia goela abaixo, chegou até meu estômago e agora está querendo subir de novo. Eu odiei aquela garota, depois a amei e a odiei de novo. Mas agora que sei que ela não tem nenhuma relação com Luca, fiquei doida. Luca me faz uma falta danada e o fato de ela não ser sua filha me faz muito mal.

Abraço o vaso e boto para fora o risoto e o refrigerante de ontem à noite. Estou tão arrasada que parece que eu não vou mais conseguir me levantar nem sair desse cubículo fedorento. Talvez o laboratório tenha errado, sempre o achei com um ar meio picareta. Nesses doze meses que eu morei aqui, vi entrar poucas pessoas ali.

Mas agora vou ao hospital e refaço o exame com os testes dos glóbulos vermelhos, brancos, plasma e todo o resto. Tenho certeza de que Dinda é sua filha. Se não for, isso significa que não haveria mais nada nesse planeta que me fizesse lembrar dele e isso poderia me deixar louca.

Consigo finalmente sair do banheiro e atravesso o café arrastando-me até a rua, onde encontro meu carro e pulo dentro dele. Essas coisas jogadas aqui dentro de qualquer jeito parecem representar bem o meu estado de espírito, e o de minhas vísceras também.

Sinto tanta dor que penso ser um milagre conseguir colocar a chave na ignição, dar a partida e sair. Refaço o caminho para Áquila. Enfio o pé no acelerador e ouço bater as tiras das mochilas do Luca no teto.

Dirijo contra o vento. O seu barulho ajuda a me concentrar, me hipnotiza, acalmando-me um pouco. Todas as nossas coisas estão no carro, toda a nossa história de amor está amontoada nesses sacos de lixo e nas suas mochilas lotadas de coisas. Estamos inteirinhos aqui. Se acontecer um acidente e esse carro cair num rio, não restaria mais nada da gente, da nossa história. Tenho de dirigir com cuidado para deixar a salvo pelo menos as nossas coisas.

Não tenho mais os seus sorrisos, mas tenho suas botas de alpinista, suas revistas, os mapas ensebados por todas as vezes que ele os abria e sonhava com as novas escaladas. Os seus casacos impregnados do seu cheiro que não lavarei mais até morrer. Vou esperar que apodreçam, que pequenos insetos entre neles, os habitem e os consumam comendo-os completamente. Mas não os lavarei. Eu os apalparei sobretudo à noite, os abraçarei como eu abraçava você.

Acho que não conseguirei mais fechar os olhos, eu sinto. Tenho certeza de que essa jornada negra e infinita que começou anteontem, e que durará eternamente, me impedirá de me acalmar para sempre. Não conseguirei dormir nunca mais, pois nem do lado dele eu dormia muito. Vivia à espera de uma tragédia de um momento para o outro, devorada por tantas preocupações que sempre tive dificuldade para dormir.

As contas, a família, o aluguel, Gioconda, Osvaldo. Deixava a televisão ligada até ficar tão grogue que conseguia fechar os olhos por alguns minutos. As luzes e os ruídos dela me deixavam tonta e me acompanhavam na fase REM do sono.

Às vezes pedia para Luca me contar uma história de quando ele era criança, das coisas de que gostava, das brincadeiras que brincava. Tinha impressão de que se eu conhecesse a criança que ele foi, eu conheceria melhor o adulto de agora. Eu tinha tanto medo de não conhecer uma parte dele, de não entender aquilo que ele realmente era, que eu vivia perturbando-o com perguntas sobre seu passado. Eu achava que quanto mais eu o conhecesse mais o amaria. Se eu soubesse melhor do que ele gostava, das coisas que amava, eu poderia tê-las procurado para ele.

Teria dado tudo a ele, menos um filho.

Lembro das histórias que me contava, e os quilômetros passam sem que eu os perceba. Falta só uma bifurcação para chegar a Áquila e embora eu só tenha passado por aqui uma vez, parece que sempre dirigi por esse caminho.

Penso em Luca. Como será que ele passou a noite sozinho? Agora que cheguei, quero falar com ele, tenho certeza de que será bom para ele. Mas depois, alguns quilômetros adiante, vejo a placa para San Loreto e, como da primeira vez, sem pensar duas vezes, viro a direção e sigo para lá.

Chego à loja da Mila em menos de dez minutos. Estaciono e me aproximo. Ela, vendo-me através da vitrine, corre para bloquear a entrada. Peço a ela, com gestos do lado de fora da loja, para me ouvir. Parecemos dois peixes em um aquário se comunicando.

Nossos lábios se mexem como dois linguados atrás de uma pedra quando vêem chegar um mergulhador munido de um arpão.

Consigo entender o movimento dos seus lábios, está me mandando embora, diz que não quer me ver nunca mais. Continuo tentando, na base da mímica.

Mila, abre essa porta, por favor, tenho de falar uma coisa muito importante para você, mas ela nada, continua a gesticular que devo desaparecer. Então procuro na bolsa o resultado do exame e o colo na vitrine, na altura dos seus olhos. Ela examina bem a folha e entende o seu significado.

Olhamos uma para a outra por um ou dois minutos, ela não sabe o que dizer ou gesticular. Imagino que essa notícia seja um choque para ela. Seu olhar está menos raivoso, mais para conformado.

Abre a porta mecanicamente, mas sem nem mesmo esperar que eu entre, vira-me as costas e caminha em direção ao balcão.

— Mila, eu lamento muito te dar essa notícia assim, mas por que você não fez esse teste logo? Apesar disso não se preocupe, não te abandonarei agora. Te ajudarei a encontrar o pai verdadeiro. Nós o encontraremos —, digo a ela, seguindo-a até o balcão e falando atrás dela enquanto caminhamos.

— Eu sei muito bem quem é o pai dela —, diz, virando-se de repente e olhando no fundo dos meus olhos.

— Mas então você sabia que não era o Luca? — pergunto a ela, caindo das nuvens.

— Claro que eu sabia. Mas queria tanto que fosse dele, que acabei me convencendo disso depois desses anos todos.

Começo a ferver por dentro, e me vem um ódio lá do fundo.

— E convenceu também a todos nós! Mas como pôde ter jogado esse peso nas nossas costas sabendo que era mentira? — pergunto, encarando-a.

— Você nunca cheirou cocaína? Esteve com um pé dentro e outro fora da cadeia, sem ninguém em quem poder confiar e grávida de um traficante de armas?

— Ferry? — pergunto-lhe, me lembrando de ontem à noite quando ele enfiava as mãos no meio das pernas da Dinda, aquele pedófilo incestuoso.

— Sim, Ferry. Não queria que fosse ele o pai da Dinda. Queria que fosse o Luca e podia ser. Transamos uma noite depois de ele ter escalado o Monte Corvo. Nós tínhamos arranjado uma garrafa de gim para nos aquecer e ficamos um pouco bêbados. Ele estava tão orgulhoso de ter conseguido. De não ter sentido medo de chegar até o topo. Era a primeira vez que eu via alguém orgulhoso do que havia feito. Ao seu lado eu me sentia mais forte, teria conseguido escalar o Everest. Pena que não consegui mais seduzi-lo. Sorte a sua ter conseguido —, diz, fazendo-me sentir um pouco de pena dela.

Mas também me faz pensar na minha estupidez de ter tido à minha disposição o amor de Luca por dez anos e não ter percebido o quanto ele era precioso.

— Mas Ferry sabe disso? — pergunto, um pouco enraivecida.

— Não, jamais diga isso para ele, pelo amor de Deus. Não quero que ele tenha nenhum poder sobre ela. Ele já arruinou a minha vida aquele cretino. Ele é que começou a me vender cocaína, que me pôs em contato com os terroristas.

— Mas agora, o que faremos com Dinda? Você tem de dizer a ela.

— Não, por favor. Pensar que o Luca era o pai dela a fez sonhar. Eu a fiz dormir anos com histórias sobre Luca. Agora ele está quase morto naquele hospital. Como você quer que eu desfaça essa pequena mentira?

— Pequena? Mas se trata da sua filha!

— O que te custa? A verdade é aquela que nós escolhemos, aquela que nos deixa mais felizes. Que nos faz dormir melhor à noite. Faço isso por ela. Não vou contar.

Olho para ela com aqueles cabelos sujos, as roupas velhas. Aposto que está tão desesperada que nem acha forças para se lavar. Pede para eu presentear Dinda com um sonho, mas na verdade dá para ver muito bem que é ela quem precisa dele.

Talvez seja por isso que tenha abraçado os ideais revolucionários dos seus amigos terroristas. Para ficar longe da sua triste e mesquinha realidade. Eles deram a ela a chance de sonhar, de que poderia mudar o mundo, que estaria à frente de uma verdadeira revolução. Eu a vejo mais jovem procurar inutilmente algo em que acreditar. Não iria encontrar grande coisa nessa cidadezinha de menos de cento e cinqüenta almas. Vejo-a procurando fugir disso primeiro com as drogas, depois com a política e as armas.

Quem sabe quantas outras mentiras ela disse a si mesma e aos outros para continuar a viver. A de Luca terá sido uma entre milhares. E depois, quem é que não mente para si mesmo para embelezar a vida?

Claro que Dinda não é tonta, com o correr dos anos vai descobrir que Luca não é seu pai e depois vai nos odiar por não termos contado a verdade para ela.

— O que ela está fazendo aqui? Você tinha falado que nunca mais queria vê-la —, berra a pequena, tipo "é só falar nela, que ela aparece", chegando por trás de mim e já brigando com a mãe.

Mila também se assusta, pois nenhuma de nós duas tinha notado sua presença. Pede-me com o olhar para não lhe contar sobre Freddy. De deixá-la viver naquela família imaginária por alguns anos ainda. Pede-me para não assaltá-la com uma verdade tão dura a ponto de torná-la mais velha antes da hora.

De fato, ter uma mãe às voltas com a polícia e um pai traficante de drogas e armas, que provavelmente depois da matéria do *Modern Men* acabará na cadeia, não é exatamente o máximo.

Não consigo proferir uma palavra sequer, também porque sinto que Dinda me detesta de verdade. Mila está num canto sem respirar. Com isso deixa a entender que a escolha é minha. Dinda percebe que nós duas estamos ali meio abobadas e ela nos deixa sozinhas. Senta-se de costas para nós, enfiando os fones nos ouvidos como costuma fazer sempre.

— A-çú-car, se-de, sé-de —, recomeça a silabar, entediada.

Por um instante, olhando para ela, me pergunto como pode ter nascido assim tão bonita sendo filha daquele batráquio. Isto sim é um milagre.

— Dinda? — chego perto dela.

Quanto mais pronuncio o nome dela, mais ela repete aquele odioso bordão num volume cada vez mais alto. Quer encobrir minha voz e minha presença com o seu ditado.

— A-çú-car, se-de, sé-de —, continua ela.

Ouso então tirar-lhe o fone do ouvido direito e sussurrar-lhe algo, bem devagar.

— Quero me desculpar pelo tapa de ontem —, digo, e depois a encaro.

Ela me trucida com o olhar, como se estivesse dizendo: "sai daqui já senão eu te cuspo na cara". Então eu recoloco seu fone e ela retoma imperturbável os seus exercícios de oratória.

Sinto que Mila está com medo que eu lhe diga a verdade e de fato eu ainda não sei bem o que fazer. Uma mentira dessas poderá trazer muita infelicidade, penso sentindo-me de repente como um guru indiano.

— Tullia veio até aqui para se desculpar. Você deveria pelo menos dizer um oi para ela —, diz Mila, tirando definitivamente os fones de ouvido dela.

— Faz bem em pedir desculpa, doeu bastante, caramba —, diz ela, enquanto sua mãe lhe acaricia o rosto.

— São coisas que acontecem quando se quer muito bem a alguém —, diz Mila, abraçando-a.

— Não é verdade, você nunca me bateu —, diz para a mãe, enfiando a cabeça embaixo dos seus braços.

Enquanto isso, olho para as duas, mãe e filha. Tentam resistir nesse lugar nojento, fingindo fazer parte de uma família normal. À medida que os anos passam, eu vejo cada vez menos famílias normais. E esta é a primeira vez que eu as vejo trocando carícias, o que me faz sentir uma baita inveja.

De repente, tenho uma idéia genial.

— Sabe, agora me lembrei que tenho um amigo jornalista que trabalha no canal 5, quem sabe se falarmos com ele, ele pode te aconselhar sobre como trabalhar nessa área —, digo para Dinda.

Demora, mas de repente lhe cai a ficha, e ela se vira para mim num pulo.

— Mas você me promete que não vai me bater mais, nem gritar comigo? Senão, nunca mais falo com você — me pergunta olhando-me com cara de má.

— Prometo. É que, sabe, para mim também não é fácil ver Luca naquele estado, por isso é que eu estou tão nervosa.

Ela não desgruda da mãe, mas fica mais calma.

— Mas quem me garante que eu conseguirei entrar lá?

— Onde?

— No canal 5. Você conhece mesmo o pessoal de lá?

— Mas já te disse, um amigo meu trabalha lá, tenho certeza de que ele consegue fazer você entrar para ver a gravação do telejornal. Assim você pode aprender alguma coisa. Vou procurá-lo amanhã e vejo quando pode te receber lá.

Continua me encarando ainda para ver se estou falando a verdade e se pode confiar em mim.

— E agora, o que você vai fazer, voltar para Roma? — me pergunta, desconfiada, como se estivesse com medo de me perder de vista e ao mesmo tempo deixar escapar essa oportunidade inesperada e única em sua vida.

— Não, estava pensando em passar a noite em Áquila. No hospital com... teu pai —, digo a ela, mas desta vez olhando para a mãe.

Ela também olha para mim e pela primeira vez me lança um pequeno sorriso. Com essa mentira salvei todas as histórias que ela contou para a filha nesses anos todos e contribuí também para criar em torno dela esse mundo falso, mas um pouco menos indigesto do que o verdadeiro.

Mila me estende o braço como se dissesse que sou bem-vinda ao seu pequeno mundo. Aproximo-me e me deixo abraçar. Dinda, imitando a mãe, coloca também um braço em volta da minha cintura. Todas sentimos vontade de chorar, mas seguramos por orgulho. Ficamos um pouco em pé, grudadas por alguns segundos em silêncio, como se tivéssemos voltado para casa depois de uma longa viagem.

Mila está me pedindo para eu dar uma família para essa criança, mas no fundo, no fundo, sou eu quem parece precisar de uma.

— Posso ir também? — me pede Dinda, de repente.

— Aonde?

— Ao hospital. Quero contar ao papai sobre Roma — diz, com ar ingênuo, de uma garota de sua idade, finalmente.

É incrível como os jovens se acalmam de uma hora pra outra. Olho para Mila para saber se ela deixa Dinda vir comigo até Áquila. Ela acena com a cabeça, como se estivesse dizendo OK.

— Confio a minha alma a você —, diz, baixinho, com um pouco de vergonha de ter usado de repente uma palavra tão forte.

— Do íntimo da alma — diz a garota, olhando para mim como se tivesse dito uma velha piada.

— Como?

— *Do Íntimo Da Alma*, DINDA, entendeu? Quem inventou essa foi o papai. Gostava de me chamar assim, porque segundo ele os filhos vêm daí. Não é verdade, mãe? — pergunta a Mila, como se fosse a coisa mais normal do mundo.

Mila olha para mim um tanto embaraçada, pois estão afrontando-me sem querer com outra história que envolve Luca e sobre a qual eu não sabia nada. Abaixa a cabeça e se afasta da gente. Respira fundo e encontra forças para falar comigo.

— Sim, é isso mesmo. Luca dizia que se um dia tivesse uma filha, ele gostaria de chamá-la de Dinda —, diz isso enquanto sinto um nó na garganta.

Nunca falou comigo sobre nome de crianças porque eu nunca lhe dei a menor esperança de que ia ter uma. Ter conversado com Mila sobre coisas tão íntimas me deixa enciumada, mas ao mesmo tempo me traz um grande conforto. Conhecer um segredo seu me faz chegar mais perto do seu coração e de repente sinto-o de novo perto de mim.

E depois, ele pelo menos discutiu assuntos tão profundos com alguém antes que fosse tarde demais. Deixou aqui entre nós pensamentos e palavras muito intensos. Não importa que não tenha sido eu a recolhê-los.

— No começo todos tiravam um sarro de mim na escola, depois me acostumei —, diz Dinda, saindo dos meus braços e apanhando seu CD novamente.

As duas me deixaram assim de pé no meio da sala, meio perdida. Não consigo falar mais nada por causa do tanto de coisas que me vêm à cabeça. Penso que os filhos não são filhos da carne e do sangue mas do espírito. Penso que o Luca é o verdadeiro pai de Dinda, porque teve vontade de gerá-la. E é dele a idéia de chamá-la assim. Foi ele na verdade quem a imaginou primeiro, e foi ele quem a convidou a vir a este mundo. Mila estava ali para escutar esse seu desejo e ela o tornou real. Não importa se com o sêmen de outro.

Por isso eu a agradeço, porque realizando um desejo de Luca, ela prolongou o seu ser por anos, além da sua presença. No fundo, essa garota existia há vinte anos, isto é, desde quando nasceu na cabeça de Luca, na sua alma, nos seus sonhos.

— Tenho certeza de que ele vai gostar de ouvir sua voz, mesmo que esteja inconsciente —, digo, um pouco depois, à pestinha, reencontrando um pouco de voz no fundo da minha garganta.

— E depois quero pegar no teu pé, senão você volta para Roma e esquece de falar com o cara do canal 5 —, diz, subindo para casa.

— Eu te prometi, amanhã eu ligo para ele. Pega o casaco e vamos —, digo para ela, que já está subindo a escada de dois em dois degraus.

Vejo-me de novo sozinha com Mila, que ainda está com os olhos meio vermelhos.

— Obrigado —, diz, e depois começa a fingir que está fazendo umas contas atrás do caixa.

— Tenho certeza de que Luca também gostaria que as coisas tomassem esse rumo —, digo, contendo as lágrimas.

Ele queria tanto ter um filho comigo, eu tive medo de lhe dar um e agora sinto-me tão amargurada por não ter lhe dado. Fingirei que Dinda é sua filha de verdade. Isso me ajudará a ter menos ódio de mim.

Dinda desceu antes que eu dissesse mais alguma coisa.

— Então, vamos? —, pergunta, com as mãos na cintura.

— Tchau, Mila!

— Amanhã de manhã, se eu não estiver aqui, leve-a à escola, por favor —, diz Mila.

— Mas primeiro tem de dar aquele telefonema! —, lembra com ênfase Dinda.

— Primeiro, dê aquele telefonema! — repete Mila, dando-lhe um beijo na testa.

Ela é um tanto avoada, mas essa mãe quer muito bem a sua criaturazinha.

Pulamos no carro atulhado de coisas e sinto um calor e uma intimidade familiares emanando de todas as mochilas e pacotes aí atrás. São todas as coisas do Luca, mas eu as sinto mais próximas com Dinda ao meu lado. Como se ele estivesse aqui com a gente.

Sou eu que preciso de Dinda, e não o contrário. Falando de Luca com ela, ele permanecerá vivo para sempre em mim.

— E o papai? Fala bem? Como é a dicção dele? — ela me pergunta, enquanto dirijo.

Olho para ela e não consigo falar por causa da emoção. Repentinamente os lábios de Luca se materializam na minha frente, quando ainda se moviam e emitiam sons. Tudo o que dizia sempre saía bem pronunciado e adequado para o contexto. Sempre em harmonia com o que havia em volta.

— Sim, teu pai tinha uma boa dicção. Sabe, ele foi a tantos lugares e jamais mudou seu jeito de falar —, consigo dizer, antes de me vir um nó na garganta e me impedir de continuar.

— Feliz dele que pôde viajar —, diz ela, percebendo o meu estado e virando-se para o lado da janela, para não me constranger.

Acho que essa garota é muito mais madura do que parece. É só não tratá-la mal que ela fica um doce. Viro na bifurcação, na direção de Áquila, e sinto minha garganta livre novamente. Resolvo contar-lhe mais coisas de sua nova família.

— Mas, bem, pensando melhor, acho que ele tem um sotaquezinho afrancesado. Sabe, a família dele é de Paris.

— Paris? Que legal!

— Ele tem uma irmã que mora lá.

— Que é minha tia! Vamos vê-la um dia? Eu nunca fui à França!

— Claro que iremos, ela vai ficar feliz em te conhecer.

— Não estou acreditando! Vou trabalhar no canal 5 e nas férias vou a Paris encontrar minha tia! Como sou sortuda, meu Deus!

No fundo, quando essa pestinha está feliz, não é tão insuportável ficar ao seu lado. Quero levá-la para viver comigo em Roma e depois da escola a carrego para a redação. Quem sabe eu a faço desistir de sua meta televisiva e a transformo numa jornalista de verdade.

Chego à cidade e o celular dispara a tocar na minha bolsa. Eu o apanho e no monitor aceso aparece o nome do chefe.

— Oi, Osvaldo, desculpe-me por ter sumido ontem, mas...

— Ah, não, esquece isso. Sabe que o artigo saiu muito bom? Quando você vir a primeira página! Dessa vez matamos a pau, você vai ver. Ouça, depois eu queria te dizer... fique o tempo que precisar... aí com o Luca... nessas condições... mas saiba que a revista te espera e que eu não passarei pra ninguém mais o cargo de vice-diretor —, diz inesperadamente, de forma muito, muito humana.

— Bem, nem sei o que falar... —, balbucio no celular.

— Então não diga nada. Agora, tchau, certo? — diz abruptamente, voltando a ser o grosso de sempre.

Deve ter se envergonhado de ter sido tão gentil.

— Tchau —, respondo, mas ele já tinha desligado.

Ainda não tinha visto o hospital à noite. É todo iluminado, mas meio esverdeado por causa das luzes fluorescentes. No escuro parece uma nave espacial prestes a decolar da Terra rumo a Marte. Igual à espaçonave do ET, quando no final do filme se despede do menino antes de juntar-se aos seus, que o aguardam.

Viro a cabeça e esterço o volante para estacionar o carro numa vaga estreitíssima. Decerto estes foram os dias mais longos da minha vida e agora não tenho nem mais um miligrama de energia, nem mesmo para mexer os braços. Puxo o freio de mão e não parece que cheguei aqui de verdade. Não só física mas psicologicamente.

A garota pula para fora e salta em direção à maquina de doces postada na entrada. A mesma em que eu a vira da outra vez. Escolheu uma barra de chocolate e me faz um sinal para eu correr porque ela está sem moedas. Sorrio para ela e faço que sim com a cabeça, que entendi, que já estou indo. Mas na verdade estou tão destruída que me jogaria aqui mesmo, no asfalto, para descansar pelo menos uma meia-horinha.

Só agora me lembro de não ter comido nada o dia todo, além de ter vomitado o pouco que havia no meu estômago. Com muito esforço, consigo pôr o pé direito na frente do esquerdo. Mas colocar o esquerdo na frente do direito, nem pensar. Minhas pernas tremem completamente e tudo começa a girar a meu redor.

O hospital parece ter se transformado mesmo na espaçonave do ET, que agora gira no ar a altíssima velocidade para levantar vôo rumo ao espaço sideral.

Sinto falta de ar. Sinto-me pesada como uma rocha.

Vejo tudo embaçado. E, em seguida, tudo preto.

Desperto em cima de uma maca, já de manhã. Ao meu lado uma turma de gente igual a mim. Na verdade, me meteram numa enfermaria do hospital.

— Tullia! — grita Dinda, entrando de repente na enfermaria. Evidentemente que já estava me vigiando sabe-se lá há quanto tempo.

— Ainda bem que você acordou, senão eu teria uma família de semimortos aqui dentro —, diz saltando na minha maca, me provocando um pouco de dor de cabeça, droga.

Então pouco a pouco consigo tomar pé da situação.

— Venha, vamos ver o papai! Eu já entrei na sala de Reanimação. Não tive medo, pois todos parecem dormir! — diz, puxando-me pelo braço.

Procuro sorrir e achar forças.

— Sim, espera, me dá um tempinho —, digo, procurando respirar e sentar-me um pouco.

Mas ela não tem paciência para me esperar e sai rebolando da enfermaria.

— Então me encontre lá, hein? É no fundo do corredor à direita. Mas antes você tem de vestir isso! —, diz, muito excitada, mostrando-me a roupa higienizada que está vestindo.

— Sim, sim... —, balbucio, procurando erguer-me um pouco.

— Sabe, o pessoal daqui é muito simpático! Inclusive ontem à noite a enfermeira gorducha me comprou três barras de chocolate! —, diz, voltando-se um pouco para mim e apontando a enfermeira, que agora vem em minha direção.

Que horas devem ser agora? Dinda tinha de ir para a escola, meu Deus. Já entendi porque está tão feliz esta manhã.

— Então, como você está? — diz a enfermeira gorducha, Bianca Annichiarico, minha velha conhecida.

Tento ficar sentada e quando finalmente consigo, pareceu que foi uma verdadeira epopéia. Mas quanto a ficar de pé, isso está fora de cogitação.

— Mas o que aconteceu? — eu pergunto.

— Nós a encontramos caída no estacionamento ontem à noite, ainda bem que estava aqui perto do Pronto Socorro. Caso contrário, a esta hora você ainda estaria estendida no asfalto—, diz, colocando minhas pernas no chão e procurando me fazer ficar em pé.

— E o Luca, o meu marido, como ele está? Hein? Como ele está? — pergunto a ela, ansiosa, com o pouco de fôlego que me restou.

Ela não diz nada, só me olha de um modo muito triste e mexe a cabeça para os dois lados, dando a entender que não está bem.

— O que isso quer dizer?... — pergunto, imitando-lhe o movimento da cabeça.

— Significa que está perdendo o pulso. Sua pressão está muito baixa. Nesses casos é preciso ficar muito atento para decidir quanto ao transplante de órgãos.

Eu nem a escuto mais. Perdi a audição. Perdi todas as funções vitais. Suas palavras fizeram com que todo o meu sangue descesse para os pés e, pelo frio que estou sentindo, tenho a impressão de que jamais vou conseguir me levantar novamente. Todo meu sangue desceu, não restou nada na cabeça. Não sinto nada, não ouço nada, não penso em nada. Talvez nem esteja mais viva. Mergulho sem respirar na cama e fico paralisada de novo.

Ela procura me reanimar com um sorriso, mas eu nem a vejo direito. Encaro o teto, que levanta e abaixa no mesmo ritmo de minha angústia, a qual aumenta à medida que minhas lágrimas escorrem pelos olhos, nariz, boca e garganta. Não quero mais me mexer, não quero mais viver, não quero mais ouvir uma palavra sequer.

Aquilo que não devia acontecer está acontecendo e eu, sem ele, não terei nenhuma razão mais para reagir, para respirar, para viver.

— Você está fraca porque está comendo pouco. Nos exames vimos que está carente de cálcio. A gente tem de comer bem quando está grávida —, diz, procurando levantar a minha cabeça.

— O quê? — pergunto, com um fio de voz, enquanto ela me ergue os braços.

— Mas, o quê? Você não sabia? Nós fizemos uma ecografia, e você já deve estar na sexta semana —, me diz, conseguindo me pôr sentada finalmente, colocando um travesseiro nas minhas costas.

Recomeço a inalar um pouco de oxigênio. As inspirações aumentam exponencialmente e o frio vai indo embora, também por causa das lágrimas mornas que molham todo o meu rosto. Luca está indo embora deste mundo e um filho seu, seu de verdade desta vez, está para chegar.

Como pode acontecer duas coisas dessa magnitude ao mesmo tempo? Despencar nas minhas costas, juntas?

Bianca finalmente consegue colocar-me em pé. Uma perna depois da outra e pouco a pouco o meu corpo volta a caminhar. Mas move-se sozinho. Sem minha vontade. Eu ainda não sei se vale a pena continuar vivendo.

— Vamos, força, você tem de reagir —, diz a enfermeira, sorrindo para mim.

Arrasto-me através do corredor da Reanimação, apoiada nela. As portas se abrem assim que nos aproximamos delas. Procuro respirar da forma mais regular possível, quando vejo Dinda surgir do meio dos enfermeiros, atrás da janela, na zona verde. Acena para mim, para eu ir logo.

— Tullia! Venha! Colocaram ele ali, onde tem mais luz! — grita, gesticulando.

Levanto a cabeça, pesada como chumbo, e olho atrás dela e vejo que o estão levando para a zona azul, a do último estágio, onde agora só resta um outro entubado. Os demais, a esta hora, já voaram para um azul mais sutil, impalpável, luminoso.

A julgar pela excitação de Dinda, certamente não disseram a ela que aquele lugar é destinado aos doentes terminais.

— Grávida? — balbucio com um fio de voz no ouvido da enfermeira, mas na verdade é a mim mesma que eu estou perguntando.

Estou tentando acreditar nisso. De estar segura que pelo menos a vida que carrego na barriga seja real, de modo que eu consiga pegar um pouco de energia dela. Ele está me deixando para sempre, mas pelo menos terei uma parte dele que crescerá dentro de mim e que ficará ao meu lado por toda a minha vida.

— Agora você consegue sozinha, não? — me pergunta a enfermeira, pois começo a andar apoiando-me no corrimão que flanqueia a janela. — Vá, a menina está te esperando —, ela diz ainda, colocando-me antes a roupa higienizada.

— Eu vou chamar o doutor, que lhe explicará o procedimento para a autorização do transplante —, diz, desaparecendo no fundo do corredor, me deixando ali, sozinha.

Como saber se não cortaram o outro entubado antes que ele morresse. E agora um simples garrancho meu num papel é a senha para que abram o corpo de Luca.

Atravesso a porta e entro na zona dos doentes terminais, apoiando-me na parede para não desmaiar de novo. Essa sua carne que caminha em direção a esses corpos desconhecidos e essa sua nova carne que está se formando dentro de mim parecem de repente muito distantes da vida que eu compartilhava com Luca, de todo aquele amor que nos ligava um ao outro.

Agora tudo é tão material, quantificável, seria possível pesá-lo até. Entre a gente, ao contrário, tudo era etéreo, inapreensível, impalpável. Um ar perfumado nos envolvia. Mas não sabia que um dia ele desapareceria.

Tateando vou em direção a Dinda, que está sentada ao lado dele. Ela arrumou uma cadeira para mim, do outro lado da cama.

— Ah, conseguiu finalmente! Olha! Não parece que está dormindo? — me pergunta Dinda, chegando perto do rosto dele.

Vejo seus olhos fechados e tranqüilos, o corpo imóvel e calmíssimo. Por um segundo tenho vontade de cair em outra mentira. Viro uma criança como Dinda e conto uma outra história para mim, como aquelas que se contam aos bebês para fazê-los dormir.

Imagino uma manhã qualquer, daquelas que ele não queria acordar e que eu, para convencê-lo, levava-lhe um cafezinho na cama, lá no alto do mezanino. Daquelas manhãs em que subia a escada de bambu prestando atenção para não derrubar tudo, e revejo sua face plácida e relaxada roncar no meio dos travesseiros. Quando ressona assim não consigo acordá-lo nem na base da pancada, por isso fico alguns minutos olhando para ele, esperando que o cheiro do café o desperte em meu lugar.

Procuro gravar bem na minha mente a imagem de seus olhos adormecidos. Talvez alguém daqui a algumas horas irá precisar, sabe-se lá onde, de suas córneas.

— Olha os dedos, não são iguais? Ele tem as unhas viradas pra cima igual às minhas! — nota Dinda, toda excitada apoiando a sua mão no leito ao lado da de Luca.

Minhas lágrimas escorrem por todos os lados e encaro aquelas duas mãos abertas, uma ao lado da outra, em cima do lençol. Estão na mesma posição, e por um segundo achei que fossem de uma só pessoa, apesar dos tamanhos diferentes.

Quando se gosta muito de alguém, nossa imaginação galopa e a realidade deforma-se toda porque o amor é tão forte que é capaz de mudar qualquer coisa. Absorvemos tudo pela nossa cabeça, misturamos tudo com os nossos sonhos e botamos para fora uma verdade completamente diferente, ideal, mais parecida com os nossos desejos do que com a realidade.

Se eu tivesse força para me aproximar dele, gostaria de beijar todos esses dedos, grandes e pequenos, indiscriminadamente. Mas Dinda não consegue ficar parada um segundo e corre para a extremidade da cama.

— Aposto que nossos pés também são iguaizinhos! — diz ela, descobrindo um pé debaixo do lençol e tirando ela mesma uma de suas meias.

Eu fico olhando para a mão de Luca, acariciando-a timidamente como se não fosse a que toquei tantas e tantas vezes. Como se fosse a de um desconhecido que apalpo pela primeira vez. Toco nela e fechando os olhos procuro lembrar-me de quando ela roçava meu rosto, quando deslizava pelo meu corpo, quando se enfiava pelos meus cabelos.

Quantas carícias ele me fez esses anos todos! Procuro gravar na memória o calor que emana de sua pele, pois talvez essa seja a última vez que eu irei senti-lo.

— O que eu te falei? Olha aqui! — exclama Dinda, apontando para o seu pé descalço, que ela colocou ao lado do dele, equilibrando-se numa perna só.

Enxugo as lágrimas, para olhá-los e, com efeito, é verdade, as unhas voltadas para cima são iguaizinhas.

— Meu Deus, Tullia, olha! — grita Dinda de repente, olhando para o dedo mindinho do pé de Luca. — Está se mexendo, juro —, estrila novamente, enquanto também dou uma espiada nele.

— Toquei na sua unha e senti uma batidinha! Bianca! Roberto! Rápido, venham aqui! — ela berra o nome de todos, pois a essa altura já tinha ficado amiga de todo mundo.

Chega o pessoal, médicos e enfermeiros, e estou ainda olhando para aquele dedo, que continua a se mexer e só agora me dou conta que Luca abriu um dos olhos, meu Deus!

— Rápido, mais oxigênio! — ordena Taglialatela à enfermeira, removendo o tubo e os esparadrapos, para enfiar a máscara de oxigênio na sua cara.

Agora vejo-o claramente. Ergueu de fato as duas pálpebras e percebo que ele está olhando para mim. Gostaria de enchê-lo de beijos, mas estou paralisada de felicidade. Ainda não acredito, talvez seja só a minha imaginação, um sonho meu que não tem nada a ver com a realidade. Mas vejo também que todo mundo está em cima dele e pouco a pouco me convenço que está despertando de verdade. Não quero tocá-lo com medo de mexer num desses aparelhos e tubos e sua vida voltar a correr perigo novamente.

Dou um grande sorriso em sua direção, procurando conter as lágrimas e agarro Dinda que está prestes a se jogar em cima dele. Trocam os tubos de alimentação, elevam a quantidade de oxigênio do respirador. Estão todos nervosos, mas muito, muito contentes.

— É incrível, parecia que não havia mais nada a fazer. Acontece uma vez em cada mil casos — diz Taglialatela, cujo primeiro nome deve ser aquele "Roberto".

Bianca mexe em alguns botões do monitor do respirador e depois olha pra mim com um olhar terno.

— Vamos deixá-los sozinhos um momento —, diz aos colegas, acenando-lhes para saírem.

— Luca! Luca, você está me ouvindo? — pergunto-lhe, como se fosse possível falar com aquele respirador tapando-lhe a boca.

Percebo porém que ele me reconhece e fecha os olhos como que para dizer que sim, que me ouve. Dinda fica entre nós dois e procura também falar com ele.

— Oi, sou a sua filha! Tullia me disse que no Natal vamos todos para Paris, na casa de sua irmã, é verdade?

Ele fecha os olhos outra vez como se concordasse, sim, é verdade, nós iremos para lá.

— Eu sabia que ele ia acordar! Como se pode morrer justo no dia em que vai conhecer a própria filha? — fala Dinda, abraçando-me e saindo, pois ela não consegue ficar parada com toda aquela energia que tem dentro dela.

— Vou ligar para a mamãe, ela virá ver você também, agora! — diz isso desaparecendo em seguida.

Eu fico segurando sua mão, que também parece finalmente se mexer um pouquinho.

— Não se pode morrer justo no dia em que vai ficar sabendo que vai ser pai —, digo-lhe enxugando as lágrimas do meu rosto.

Ele pisca os olhos de alegria.

— Sobretudo quando se vira pai duas vezes num dia só —, acrescento.

Ele agora para de piscar e me encara surpreso. Coloco sua mão no meu ventre para tirar qualquer dúvida e vejo que os seus olhos ficam úmidos de tanta alegria.

Sorrio para ele também procurando inalar um pouco da sua alegria, pois não gostaria que lhe fizessem mal tantas emoções juntas. Eu também estou morrendo de felicidade. Só agora me dou conta que a notícia da gravidez não me meteu medo algum. Nenhum frio na barriga daqueles que eu sentia quando Luca me falava em ter filhos. Nada, nada mesmo. Eu estava me sentido mais apavorada antes, quando estava sozinha do que agora, quando carrego essa nova almazinha dentro de mim.

Estou muito tranqüila, como se estivesse grávida a vida toda. Como se fosse uma condição com a qual se nasce e se convive tranqüilamente desde criança. Como comer ou ir ao banheiro.

De repente, o respirador fica embaçado, como se ele estivesse falando algo debaixo da máscara. Aproximo-me dele e tento entender. Ele está mesmo movendo os lábios. Não dá para escutar mas eu o entendo — sabe-se lá como — mesmo assim.

— Din-da...

— Sim, Dinda. Ou melhor, Dindas, duas Dindas. E vêm daqui... *Do ÍNtimo Da tua Alma* —, digo a ele, devagar, dando um beijo lambuzado de lágrimas no seu coração.